本书为捷克研究中心建设成果
由浙江金融职业学院支持出版

幽默拉近你我

欧盟各国精品笑话集

[捷克] 瓦茨拉夫·布津斯基 ◎编著
[捷克] 托马什·格鲁利赫

霍玉珍 ◎译

世界知识出版社

Humor sbližuje
Copyright © 2008 by Václav Budinský , Tomáš Grulich
Simplified Chinese translation copyright © 2023 by World Affairs Press Co., Ltd.
ALL RIGHTS RESERVED

图字：01-2023-0330号

图书在版编目（CIP）数据

幽默拉近你我：欧盟各国精品笑话集/（捷克）瓦茨拉夫·布津斯基,（捷克）托马什·格鲁利赫编著；霍玉珍译. -- 北京：世界知识出版社,2023.1
ISBN 978-7-5012-6628-9

Ⅰ.①幽… Ⅱ.①瓦… ②托… ③霍… Ⅲ.①笑话－作品集－欧洲 Ⅳ.①I507.8

中国国家版本馆CIP数据核字（2023）第012762号

责任编辑	张迎辉
责任校对	陈可望
责任出版	赵 玥
书　　名	**幽默拉近你我——欧盟各国精品笑话集** Youmo Lajin Niwo —— Oumeng Geguo Jingpin Xiaohuaji
编　　著	［捷克］瓦茨拉夫·布津斯基 ［捷克］托马什·格鲁利赫
译　　者	霍玉珍
出版发行	世界知识出版社
地址邮编	北京市东城区干面胡同51号（100010）
电　　话	010-65233645（市场部）
网　　址	www.ishizhi.cn
印　　刷	北京虎彩文化传播有限公司
经　　销	新华书店
开本印张	787毫米×1092毫米　1/32　8¾印张
字　　数	264千字
版次印次	2023年10月第一版　2023年10月第一次印刷
标准书号	ISBN 978-7-5012-6628-9
定　　价	68.00元

版权所有　侵权必究

目　录

译者序 …………………………… 001
作者序 …………………………… 003

爱尔兰 …………………………… 001
爱沙尼亚 ………………………… 013
奥地利 …………………………… 022
保加利亚 ………………………… 032
比利时 …………………………… 043
波兰 ……………………………… 055
丹麦 ……………………………… 065
德国 ……………………………… 076
法国 ……………………………… 085
芬兰 ……………………………… 095
荷兰 ……………………………… 105
捷克 ……………………………… 114
克罗地亚 ………………………… 126
拉脱维亚 ………………………… 135

立陶宛	147
卢森堡	159
罗马尼亚	167
马耳他	175
葡萄牙	184
瑞典	194
塞浦路斯	202
斯洛伐克	213
斯洛文尼亚	221
西班牙	231
希腊	239
匈牙利	248
意大利	259

译者序

亲爱的读者朋友：

您正在翻阅的是捷克作家瓦茨拉夫·布津斯基和托马什·格鲁利赫共同编写的一部欧盟27国民间笑话集锦。作为一名与捷克和欧洲结缘四十余载的斯拉夫语言学习者，我将其翻译出版并介绍给您，除了希望为促进中欧人文交流略尽绵薄之力，更期待在疫情的阴霾中为您带来一缕阳光，在您繁忙而快节奏的生活中送上一份惬意的微笑。因为笑是一切烦恼的解药，笑既能传递宽容、温情、友善，更能聚力增效、催人奋进。

我们中国人热爱生活、热爱幽默。古老的华夏大地为不同形式喜剧作品的诞生和发展提供了丰沃的土壤。无论是先秦时期的俳优表演、唐代的"参军戏"、元明清时期的中国十大古典喜剧，还是每年万众期待的春节联欢晚会中的相声、小品、脱口秀等节目，以及大江南北不同形式的地方特色喜剧演出，幽默一直以来都受到广大民众的热烈追捧。

欧洲同样是幽默文化繁荣生长之地。早在公元前6世纪，古希腊就出现了题材多样的滑稽戏和讽刺剧。随着时光的变迁，欧洲大陆相继涌现出诸如16世纪意大利的"假面喜剧"，19世纪末英国的音乐喜剧、喜歌剧等文学体裁。捷克地处欧洲的"十字路口"，在幽默艺术领域不仅兼容荟萃了欧洲各国的特色，还创造了别具一格的黑色幽默。无论是享誉全球的小说《好兵帅克》《被严密监视的列车》，电影《我曾侍奉过英国国王》《飞越疯人院》，还是动画片《鼹鼠的故事》及捷克本土的黑光剧，均把捷克人举重若轻的民族性格和玩世不恭的幽默感淋漓尽致地展现了出来，可谓"初闻时惹人捧腹大笑，细品时方知个中辛酸"。

本书收录的来自欧盟27国的常见民间笑话，既可以作为您茶余饭后会心一笑的读物，也可以成为您了解欧洲各民族的生活方式和思维模式，感知不同国家笑点的窗口和视角。也许通过一则短小精悍的笑话，我们不仅能品味他人以幽默包装的喜怒哀乐，还能从中轻松地笑看自己人生的得失荣枯。当然，这些笑话并不都是严肃、高雅的，有的可能还有难登大雅之堂之嫌，但是为了较全面地反映有关国家的民间文化，翻译时仍做了保留，相信读者朋友自能鉴别。此外，需要说明的是，为了让读者了解到最新的情况，我已对书中有关各国的人口等数据进行了相应的更新。

本书能在我国顺利付梓，首先归功于布津斯基先生和已故格鲁利赫先生及其家人无偿提供的版权，谨此致以真诚的谢意。同时，本书的翻译、校对、编辑、审阅及最终出版，还得到了许多同人、朋友及世界知识出版社等的全力支持与协助，在此一并鸣谢！

2023年岁首，谨祝各位读者朋友笑口常开！

霍玉珍
2023年元月

作者序

亲爱的读者朋友：

你们手上拿到的是一本特别的书，其中囊括了来自欧盟所有国家的1000多个笑话。

人们在发笑时（类似于运动）会释放内啡肽——一种能够令人产生好心情的激素，会对人的身心健康产生积极影响。它可以提高免疫力，预防心血管疾病，减轻疼痛并对情绪产生积极影响，即内啡肽的作用与吗啡相似。然而与吗啡不同的是，您无须担心成瘾、用药过量或者有副作用，当然除了可能有隔膜劳损。

欧盟的宗旨是"多元一体"，而这样统一的欧洲也在这本绝无仅有的笑话集中得以体现。在这些欧盟国家中，我们可以找到类似的笑话，比如对愚蠢、吝啬、狡猾或者嫉妒的讽刺，对同类主角——警察、金发女郎、学生，或者某个地区、民族、宗教、族裔群体，以及邻居的调侃。我们在编写某几个国家的章节时发现，甚至会有完全相同结构的笑话，例如瑞典和丹麦，这似乎不足为奇，但如果在马耳他语、德语、葡萄牙语、斯洛文尼亚语、克罗地亚语或法语的章节中发现一个几乎一模一样的笑话，那我们就可以肯定地说，幽默是具有普遍性的，但同时，它也是多种多样、不可预测的。

你们手里的这本书的确是了解所有欧盟国家独一无二的指南，因为它向我们展示了他国人如何思考，他们在笑谁、笑什么，以及他们更亲近何种价值观。得益于广泛而众多的文献资料，我们能够意识到幽默实际上反映了人们生活的方方面面，并且几乎没有任何禁忌。本书中的笑话涉及爱情、不忠、仇恨、政治和政治家、宗教、死亡、偏见、女人、男人、儿童、哲学、语言以及许多其他话题。其中不乏一些沉重而严肃的话题，但正因为幽默貌似调侃的方式，我们起码可以暂且退后一步，并且从更广阔的视角来看待它们。

美国女演员埃塞尔·巴里摩尔曾说："我们第一次可以自嘲的那一天，就是我们成熟的那一天。"或许这本书能帮助我们至少暂时停止像面对死亡一般严肃地对待自己和周围的世界，并帮助我们认识到，人之所以为人的本质隐藏在更深的地方。没错，幽默使人与人更加亲近。

因此，开怀大笑吧，朋友们，让我们尽可能多地、尽可能长地大笑吧！如此一来，我们不仅会认识自己，还可以通过本书了解我们在欧洲的众多邻居们。即便不能如此，面带微笑也会使我们变得更加美丽。欧盟委员会驻捷克共和国代表达娜·科瓦日科娃女士曾指出，本书中的笑话不受欧盟任何法规的约束。当然，欧盟委员会成员也会为那些好笑的笑话开怀一笑。

笑话是对现实世界荒诞而幽默的反映，往往能折射出一个历史事件或者民族、阶级、人群的缩影，其对时代特征的描绘通常要比长篇大论的历史文献更为一目了然。例如，通过幽默故事，可以更好地理解1939年9月英法对德宣而不战的"奇怪战争"：

英国派空军前往德国战区上空投放反战传单。当一架飞机返回后，指挥官问机组人员投放传单时有没有拆开包裹。

"没有，先生，我没有接到这样的命令。"机组人员回答道。

"这太可怕了。如果那个包裹落在某个人的头上，一定会砸死他的。"

笑话不仅可以让我们更好地理解其创作者和讲述者的意图，还可以让我们非常简洁明了地体会其所处的关系和政治氛围。比如，笑话要比宏大的心理学更容易让我们体会到夫妻之间的微妙关系。

集齐欧盟27国最受欢迎的笑话，去粗取精并加以润色直至最终完稿，不仅是一个烦琐而独特的过程，而且非常有趣且富有成果。在本

作者序

书撰写和修订的过程中,我们得到了不同年龄段的多位合作者的帮助,是他们为本书精心挑选并翻译了不同国家的笑话。趣味性、幽默性、滑稽性和好笑性是本书的首要标准。这就是呈现给读者朋友的最终作品。

在序言的最后,有必要提出最后一个问题,即幽默使我们更亲近还是更疏离?幽默首先可以理解为具有积极性,且专属善良范畴;但在不同语境中,也会有消极的一面,例如恶意、嘲讽、玩世不恭和幸灾乐祸。恶意的笑话绝不在我们的选集中,因为它们只会让人们彼此疏离。我们不仅是为了娱乐,更是为了增进欧洲不同文化领域之间的相互了解,这将使我们在初次接触甚至在严肃会谈时脸上绽露笑容。运用幽默,要比严肃、固执、尖刻更容易解决问题。

愿本书能有助于欧盟成员国之间的彼此了解和认识。

瓦茨拉夫·布津斯基
托马什·格鲁利赫

爱尔兰

国名全称：爱尔兰
首都：都柏林
面积：7万平方千米
人口：510万（2022年）
官方语言：爱尔兰语和英语
货币：欧元（EUR）
加入欧盟时间：1973年

■ 玛丽来到警察局报案，说她丈夫失踪了。

"好吧，请描述一下他长什么样。"警察头也不抬地问道。

玛丽说："他27岁，身高1.98米，有浓密的大波浪头发，十分迷人。"

"好的，"警察说着抬起头，但一眼就认出了玛丽，"等一下，您是玛丽吧？我认识您的丈夫。他不是个50多岁的秃头胖子吗？"

玛丽很受打击并说道："我知道，可谁想把这样的人带回家呢？"

■ 一个爱尔兰人走进理发店，询问剪一次头发需要多少钱。

"5欧元。"老板回答。

爱尔兰人思考了一会儿又问："刮胡子多少钱？"

"只要1欧元。"

"好吧，"爱尔兰人说，"那就给我剃个头吧。"

■ 莫伊兰在街上遇到了伤心的多伊兰。

"你怎么了？"莫伊兰关切地问。

"我的狗走丢了。"

"在报纸上登个广告吧！"

"别傻了，你知道它不识字。"

■ 一个苏格兰人逃票乘火车，被发现后仍拒绝下车。

"很好，"列车员说，"我知道怎么让你下车。"

说着，列车员提起苏格兰人的行李箱，扔出了窗外。

苏格兰人怒吼："你这个凶手，我的儿子在里面，他会被摔伤的！"

■ 罗尔夫勋爵乘坐他的劳斯莱斯回家，但在经过一个铁道路口时，汽车抛锚了。司机詹姆斯报告说：

"爵士，我得去叫约翰，用马把我们拖走。请您在这里等一会儿，但为防不测,您最好先下车。"

罗尔夫勋爵善意地点点头说:"好吧,但你最好把两边的车门都打开,以便从约克郡驶来的快车能够通过!"

■ "你知道换一个灯泡通常需要几个爱尔兰人吗?"

"六个。其中只有一个人负责换灯泡,另外五个人为坏掉的旧灯泡唱赞歌。"

■ "我爷爷昨天被火烧了。"一个爱尔兰人悲伤地对朋友说。

"很严重吗?"朋友问。

爱尔兰人擦了擦眼角的泪水说:"那个火葬场对他一点都不温柔。"

■ 玛丽和科琳在一家葡萄酒馆见面,两个人点了饮料,在一张桌子旁坐下聊天。

"你丈夫怎么样?"玛丽问道。

"那要看怎么比了!"科琳回答说。

■ 利亚姆和肖恩一起爬山时,利亚姆不小心掉进了深渊。

"利亚姆,你还好吗?"肖恩喊道。

"我还活着!"

"太好了!"肖恩如释重负,"给你绳子,抓住它,我把你拉上来。"

"不行,"利亚姆喊道,"我的右手断了!"

"那就把它绑在腿上。"

"我的两条腿也断了!"利亚姆呻吟道。

"那就咬住绳子。"

利亚姆咬住绳子,肖恩慢慢地把他往上拉。眼看利亚姆就要上来了,肖恩突然问:

"你还能坚持吧？"
"还好……啊……啊啊……啊啊……"

■ 利亚姆见到他的朋友肖恩，问他："你的袋子里装的是什么？"
"小鸡。"肖恩回答。
"如果我能猜中袋子里有几只小鸡，你能送我一只吗？"
"当然，如果你能猜中，我就把两只都给你！"

■ 一个爱尔兰人看见有个人站在桥上准备跳桥。
他赶紧跑过去，喊道："兄弟，别跳！想想你的老婆、孩子。"
"我没有老婆、孩子。"男子回答说。
"想想你的父母。"
"我是个孤儿。"
"那就想想圣帕特里克。"
"谁是圣帕特里克？"那人问道。
这时，爱尔兰人趁他不注意把他拉了下来。

■ 妻子让丈夫去买一些蜗牛回来做晚餐。丈夫买了蜗牛，但在回家的路上路过熟悉的酒馆，便想停下来喝一杯。结果一杯、两杯、三杯……直到酒馆关门，他才想起回家。在回家的路上，他意识到自己有了大麻烦。走到家门口后，他通过锁孔看到他的妻子正在怒气冲冲地等着他。于是他急中生智，把蜗牛放在门口，一边开门一边说："拜托，你们能不能走快点儿……"

■ 肖恩问利亚姆："最近有没有见过奥莱利？"
利亚姆说："见过，也没见过。"
肖恩很困惑："你这是什么意思？"
"有一天我走在街上，"利亚姆说，"看到一个长得很像奥莱利的人，他说他也觉得看到一个认识的人。但当我们走近时，发现都认错了人。"

■ 玛丽和科琳在酒吧小聚。
玛丽说:"我丈夫想在他生日那天去一个他从未去过的地方,做他从未做过的事情。"
"那么你打算让他去哪里?"
"厨房,让他熨衣服。"

■ 一个爱尔兰人悲伤地回到家。
妻子问:"怎么了,无精打采的?"
"我被解雇了,以后再也不是双层巴士的司机了。"
"为什么?"
"巴士撞毁了,他们说都是我的错。"
"发生了什么事?"
"我也不知道,"他回答,"当时我正在顶层查票。"

■ 一个爱尔兰女人来看医生:
"医生,我儿子总喜欢趴在沙坑里用沙子做各种动物,然后把它们吃掉。"
"不必太担心,长大了就好了。"
"但愿如此吧,现在他老婆都不想管他了。"

■ 爱尔兰政府宣布,一支由爱尔兰人组成的登山队最近冲顶珠峰失败了,这支勇敢的登山队尽了最大努力,本来是很有希望成功的,但在他们距峰顶近在咫尺的地方,脚手架却用完了。

■ 诺拉的汽车车身被撞得凹进去一块,她来到修理厂准备修一下。当时已是星期五下午五点半,修理工想早点下班回家,就骗她说:"这个大可不必修,你回去对着排气管吹气,车身就会自动鼓起来的。"诺拉听了修理工的话,把车开回自家院子,跪在汽车后面,对着排气管一顿狂吹。她的丈夫听到声音,打开窗户冲她喊:"你到底在干什么?"她向他解释了一切,说是修车工教她的。

"你这个笨蛋,"丈夫很生气,"你的车窗开着,怎么可能吹起来!"

■ 一个间谍悄悄潜入爱尔兰的一个小村庄,受命与他的上司弗林接头。接头暗号是"看起来要下雨了"。

他首先遇到一个农民,问他在哪里可以找到弗林。

"你要找哪个弗林,先生?"农民说道,"村里有好多弗林。有老爹弗林、医生弗林、法官弗林、掘墓人弗林、邮差弗林、药剂师弗林、机械师弗林、兽医弗林……我也是弗林——农夫弗林。"

间谍这时灵机一动,说:"看起来要下雨了。"

"哦,原来如此,"农夫笑道,"你要找间谍弗林啊,那儿,右起第三间房子。"

■ 莫伊兰和博伊兰一起钓鱼。

"你钓到什么了吗?"博伊兰问。

"没有。"莫伊兰沮丧地回答。

"你用的是什么饵?"博伊兰问。

莫伊兰拉起鱼竿,给他的朋友展示:"蚯蚓。"

博伊兰从鱼钩上取下蚯蚓,丢进一瓶爱尔兰威士忌里,过了一会儿又把它还给一脸茫然的莫伊兰。

"现在试试。"博伊兰说。

莫伊兰重新甩竿下水。谁料蚯蚓刚一接触水面,水就开始飞溅,鱼竿也被拽弯。

莫伊兰赶忙把鱼钩拉出水面。

"钓到了吗?"博伊兰问。

"没有,"莫伊兰喊道,"但蚯蚓的嘴里有一条鱼。"

■ 一个女孩来到一家宠物店，说要买一只黄蜂。
店员说："不好意思，我们不养黄蜂。"
"怎么可能？我见你们的橱窗里一直有一只。"

■ 一个醉鬼半夜从酒吧回到家，他老婆正愤怒地等着他。
"如果你待在酒吧的时间和在家的时间一样多，我会被你气中风的！"
醉鬼回答说："好了，亲爱的，不要试图贿赂我。"

■ 两名飞行员在机库察看直升机。其中一人说：
"看到那个了吗？那是一架美国直升机，看驾驶舱内电子装置的数量就能认出来。"
然后他又指向另一架直升机："这是一架俄罗斯直升机，从挂载导弹的标识就能认出来。"
"角落里的那个呢？"同伴好奇地问。
"哦，那是我们爱尔兰的直升机。"
"你怎么知道的？"
"这是世界上唯一一架内置弹射座椅的直升机。"

■ 有个人在公园里散步，看到两个爱尔兰人在不停地忙活着，第一个人在费力地挖坑，第二个人则在填坑。
"打扰了，两位先生，"那人好奇地问，"请问你们在做什么？"
挖坑的人停下来说："我们在种树。"
"树在哪儿呢？"
"正常情况下，我们是三个人。我、马利和法利。我挖坑，马利种树，法利填土。但这周马利得了流感，没人种树了，可我们还得养家糊口，继续工作。"

■ 一个女人冲着自己的丈夫大叫：

"你不配拥有我这样的女人!"
"哼,我还不配牙疼呢,疼痛不也是自己找上门来了。"

■ 一位爱尔兰牧师走进教堂,看到一个小女孩坐在教堂的椅子上哭泣。
"怎么了,孩子,为什么哭啊?"牧师问道。小女孩不停地抽泣着,用手指向天空说:
"妈妈和爸爸在上面,他们把我一个人留在这里。"
"别担心,孩子,"牧师安慰她说,"你的父母和天使在一起。"
"不,他们不是和天使在一起,他们是在屋顶上偷东西。"

■ 一个爱尔兰人走进一家酒馆,看到一个熟人,便惊讶地上前打招呼:"泰伦斯·奥米利根,"他说,"好久不见,你变了好多。你以前很瘦,有一头浓密的红发,胡子总是刮得很干净。天哪,我几乎认不出你了!"
对方看着他说:"我的名字是迈克尔·奥罗克。"
"不会吧!"爱尔兰人感叹道,"你连名字都改了!"

■ 一个苏格兰人、一个英国人和一个爱尔兰人在酒馆喝酒聊天。
这时一个牧师走进来,问苏格兰人:
"你想上天堂吗?"
"我想。"
"好的,孩子,那你就去靠墙站着。"
牧师又来到英国人面前,问他:
"你想上天堂吗?"
"当然。"
"很好,你也去靠墙站着。"
接着,牧师问爱尔兰人同样的问题:
"你想上天堂吗?"

"不想。"

牧师很生气:

"什么?你死后不想上天堂吗?"

"哦,死后啊,那当然想了。我还以为您现在就要组织一队人马去天堂呢。"

■ 爱尔兰对阵苏格兰的大型橄榄球比赛即将开始。爱尔兰国家队教练决定强化训练。他打电话给蜡像馆,借到一些苏格兰球队的人偶,以便队员们练习战术动作。

几天后,爱尔兰政府官员打电话给教练,询问备战情况如何。

"到目前为止还没什么进展,"教练说,"我们昨天进行了一场预赛,苏格兰人以 16∶4 获胜。"

■ 一个爱尔兰人捡到一盏魔灯,里面有一个精灵,说可以帮助他实现三个愿望。

他说第一个愿望是希望自己的银行账户里有 10 亿欧元。

精灵听完后拍拍手,这个人就成了亿万富翁。

他的第二个愿望是希望能拥有众多豪车。

精灵再次拍拍手,这个人就成了法拉利、保时捷、兰博基尼的主人。

爱尔兰人的最后一个愿望是,希望自己变得没有任何女人可以抗拒。

精灵又一次拍手,爱尔兰人就变成了一盒巧克力。

■ 一位病人去看医生。

"医生,我最近每天早上六点左右都要去上厕所。"

"在您这个年纪,这很正常。"医生回答说。

"是的,可我通常要到八点以后才会醒。"

■ 一个威尔士人、一个苏格兰人和一个英格兰人站在一条宽阔的河边，都想到对岸去。威尔士人找到一盏魔灯，一个精灵从里面跳出来说，愿意满足他们每人一个愿望。

威尔士人说："我希望我有10%的聪明才智可以渡过这条河。"

说话间，他变成了一个强壮的法国游泳运动员，游过了河。

苏格兰人说："我希望我有25%的聪明才智，可以过这条河。"

一转眼，苏格兰人变成了一个德国人，用河边的树枝做了一个筏子，划过了河。

最后上场的是英格兰人，他说：

"我希望我有50%的智慧，这样我就可以过河了。"

这个英格兰人立刻变成了一个爱尔兰人，通过河上的桥走了过去。

■ 一位男士问他的妻子：

"亲爱的，今天阳光很好。如果我只穿内裤去割草，你觉得邻居们会怎么说？"

"他们可能会说，我是为了钱才嫁给你的。"

■ 一个爱尔兰人遇到一个精灵，精灵许诺可以满足他一个愿望，但提醒道："请记住，无论你得到什么，美国人都会得到双倍。"

"没问题，"爱尔兰人说，"请给我一百万欧元，再把我打个半死……"

■ 在一场婚宴上，一位客人走到新婚夫妇面前说："你们知道美满婚姻的秘诀吗？"

新婚夫妇摇摇头。

"始终保持仪式感。例如我和我的妻子，每周都要出去两次，通常会去一家不错的餐厅享用烛光晚餐，有美酒、浪漫音乐和舞蹈相伴……"

"听起来非常浪漫。你们会在固定的日子出去吗?"

"当然。我妻子在星期一,我在星期五。"

■ 两个爱尔兰时装设计师在非洲的一条河边散步时,看到一条鳄鱼嘴里含着一个人头。

"快看!"其中一个人惊叫道。

"哦,看见了。我从来没想过,鳄鱼还能做睡袋。"

■ 两个男孩在沙坑里玩摔跤。

其中一个说:"我爸爸能轻而易举地把你爸爸摔倒!"

另一个说:"那有什么了不起,我妈也能。"

■ 萨迪问帕迪:

"你的旧车卖掉了吗?"

"没有,谁会愿意买一辆行驶了31.4万千米的车?"

"别担心,我认识一个修理工,可以帮你把里程表调到8万千米。"

一周后,萨迪问:

"车卖掉了吗?"

"没有。"

"为什么?还有什么问题吗?"

"我为什么要现在卖掉它?才跑了8万千米。"

■ 一个年轻人乘火车旅行,旁边坐着一位女性老者。老妇人转过身来,拍拍年轻人的肩膀,给了他一把核桃。年轻人正好有点饿,便欣然接受了。过了一会儿,老妇人又转过身,再次递给他一把核桃。这种情况连续重复了几次。直到火车到站,他们一起下车时,年轻人好奇地问:"您为什么把核桃都给了我?"

"因为我牙口不好,咬不动。"老妇人笑着说。

"那您为什么要买核桃呢?"
"因为我喜欢吮上面裹着的那层巧克力。"

爱沙尼亚

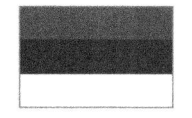

国名全称：爱沙尼亚共和国
首都：塔林
面积：45,339 平方千米
人口：135.77 万（2023 年）
官方语言：爱沙尼亚语
货币：欧元（EUR）
加入欧盟时间：2004 年

■ 一个美丽的秋日,乔赛普从学校兴高采烈地回到家。
"你喜欢今天的课吗?"妈妈问道。
"非常喜欢。"
"你们今天做了什么?"
"化学实验……"
"明天你们在学校还准备做什么?"
"学校?什么学校?"

■ 一天,一只小骆驼和爸爸并排卧在一起聊天。
"爸爸,马和山羊的蹄子那么窄,为什么我们的蹄子这么宽呢?"
"孩子,那是因为我们是沙漠之舟,我们宽大的蹄子不会让我们陷进沙子里。"
"为什么我们的背上有两个驼峰,而其他动物却没有?"
"因为我们是沙漠之舟,驼峰里的脂肪可以保证我们不会渴死。"
"但是爸爸,为什么我们有这么大的嘴巴?"
"那是因为我们是沙漠之舟,我们必须吃到沙漠中生长的每一根草。"
"可是爸爸,我们现在生活在动物园里,为什么还需要这些东西呢?"

■ 一名游客手拿地图站在靠近火车站的路边,一会儿看看地图,一会又看看周围。显然,他觉得有什么地方不对。车站的一位工作人员上前问他是否需要帮助。
"根据地图,这里应该有一个池塘,但我没有看到啊!"
"哦,是的,不久前这里是有一个池塘,但有一天一列满载婴儿尿不湿的火车在这儿翻车了……"

- 朱古在生日当天收到一只鹦鹉，于是他决定教它说话。
"跟着我说：我会走路。"
鹦鹉："我会走路。"
"我会说话。"
鹦鹉："我会说话。"
"我会飞。"
鹦鹉："不要撒谎！"

- 朱古哀求爸爸：
"爸爸，请给我买个鼓吧。"
"不行，你会打扰我工作的。"
"不会的，我只在您睡觉的时候敲。"

- 朱古和妈妈一起去公园骑自行车。
他很快超过妈妈，并兴奋地大声喊：
"妈妈快看，我只用一只手就能骑车！"过了一会儿他又喊，"妈妈快看，我不用手也能骑车！"
又过了一会儿……
"妈妈快看，我没有牙齿也能骑车！"

- "老师，您知道我们都是猴子的后代吗？"
"闭嘴！我可不关心你是什么血统。"

- 老师对同学们讲，给予胜于索取。
朱古认同地点头："的确如此。"
老师很惊讶，问他是谁教给他的智慧。
朱古说是他的父亲。
老师："你的父亲很睿智，他是做什么的？"
"他是一名职业拳击手。"

■ 朱古来到一家宠物店，买了 25 只蜘蛛和 42 只蟑螂。
售货员一脸惊讶地问："你为什么需要这些东西？"
朱古回答说："我们要从出租的公寓搬走了，房东要求我们要把一切恢复原样。"

■ 老师："朱古，说实话！这次是谁替你写的作业？"
朱古："真不知道，老师！我昨晚睡得特别早！"

■ 上课时，朱古不小心把橡皮掉到桌子下面了，于是他弯腰去找。
这时，老师问孩子们：
"如果我死了，你们会在我的墓碑上写些什么？"
就在此时，朱古刚好找到了他的橡皮，他兴奋地叫出了声：
"原来你躺在这儿，你这个老东西！"

■ 朱古来到邻居家。
"您好，邻居太太！我妈妈病了，我想和您要点覆盆子果酱。"
"没问题，朱古。你拿什么容器了吗？"
"没有，也不需要，我就在这儿吃。"

■ 朱古对妈妈抱怨：
"妈妈，我外婆已经疯了，什么都不记得了！"
"你怎么能这样说她？"
"你知道吗？我每次去看她，她都笑着说：'谁又来看我了呀？'"

■ 一个小男孩问：
"爸爸，你为什么要和妈妈结婚？"
男人转身对妻子说：
"听见了吧？连孩子都觉得不可思议，更用不着问我了！"

■ "哪个年龄段的孩子最可爱？"
"当你不再需要牵他们的手，而他们还没有拽你鼻子的时候。"

■ "夏娃常来看你吗？"
"来啊。"
"你们都做些什么？"
"看电视。"
"可是你从来就没有电视啊。"
"是没有，可你知道吗？她居然没发现这一点。"

■ 一个乡下人向邻居吹嘘他正在上大学的儿子。
"他在大学里学什么？"对方问。
"哲学！"
"什么是哲学？"
"我也不懂。我只知道，学这个需要喝很多啤酒。"

■ 医生问精神病人："你从什么时候开始认为自己是一条狗的？"
"从我还是一只小狗时。"

■ "你为什么被捕？"
"因为行贿。"
"那你怎么这么快就出来了？"
"还是因为行贿。"

■ 一个俄罗斯人、一个英国人和一个美国人在沙漠里筋疲力尽、奄奄一息。
俄罗斯人建议在死之前喝下最后一瓶伏特加。
当他们喝完最后一口酒时，一个精灵从瓶子里钻了出来：
"我的救星们，非常感谢你们！我将满足你们每个人两个愿望，无论什么愿望都行!"

美国人说希望得到一百万美元,并能马上回家。说完,他消失了。

英国人说想要一百万英镑,并且要回到他心爱的英国。说完,他也消失了。

俄罗斯人毫无头绪,叹了口气说:

"他们俩都是好人,而且我们相处得也不错……这样吧,给我来一箱伏特加,再把那两个人叫回来!"

■ 一群动物围坐在一起,决定每一个动物讲一个笑话,如果不能把所有的动物都逗笑,讲笑话的动物就会被杀死。野兔首先讲,结果除了长颈鹿,所有的动物都笑了,野兔因此被杀了。接下来讲笑话的是驴子,这次大家都没笑,只有长颈鹿笑了:"哈哈哈哈,那只兔子讲的笑话太好笑了!"

■ 一头狮子在动物园向饲养员抱怨:

"最近简直没法活了!海鸥白天讲了个傻里傻气的笑话,直到晚上,长颈鹿才回过味儿来开始傻笑。"

■ 家里的电话铃响了,一个孩子接起电话。

打电话的人问是否可以和他的父母说话。

孩子小声说不行。

来电者追问他的父母在做什么。

孩子说:"他们正在跟警察谈话。"

这时外面传来一阵巨大的噪声。

来电者赶忙问发生了什么事。

孩子低声说:

"一架救援直升机刚刚降落。"

"究竟发生了什么事?大人们都在做什么?"

"他们都在找我。"

■ 一个人问算命先生：
"如果我的右掌心发痒会怎么样？"
"你需要给别人钱。"
"如果我的左掌心发痒呢？"
"有人会给你钱。"
"好吧，如果我的耳朵发痒怎么办？"
"你会被人打脸。"
"那如果我的后背发痒呢？"
"你需要洗澡了！"

■ 第二次世界大战时，拉脱维亚向爱沙尼亚借坦克。爱沙尼亚代表问：
"一辆够吗？还是两辆都要？"

■ "你知道狐狸越过边界的笑话吗？"
"不知道。"
"你不可能知道，因为它是蹑手蹑脚走过去的。"

■ 一个人敲邻居的大门，但没人应声，于是他就更用力地敲。这时一只狗来到门口，小声对他说：
"嘿，伙计，别敲了，家里没人！"
这人被吓了一跳，看着狗，问道：
"嘿，狗子，你不会叫吗？"
狗："当然会，但我不想吓着你。"

■ 一名警察拦下一辆超速行驶的汽车，向司机亮明身份后递给他一张纸，让他写检查。司机把纸折好，放了一百欧元，然后递给警察。警察接过纸，看了看，说：
"好……写得很好……写得很对……不过写得有点少……"

■ 一个女人给自己买了件漂亮的裘皮大衣做圣诞礼物。
"这是最新款吗？"男人问道。
"不，这是倒数第二款，"女人说，"最新款会有的，你等着看账单吧！"

■ 一名古玩销售员向顾客推荐一把椅子：
"这可是詹姆斯·邦德的椅子。"
"怎么才能确定它是属于邦德的呢？"
"您没看见靠背上有他名字的缩写 JB 吗？"
"噢，原来如此！我家附近有个房子上写着 WC，也就是说那是温斯顿·丘吉尔的房子喽？"

■ 两个老同学多年后偶遇。
"哈啰啊！过得怎么样？在哪儿高就呢？"
"还不错。我在警察局特别行动科工作。"
"你主管什么？"
"监视那些对爱沙尼亚不满的人。"
"哦……那哪个部门负责那些喜欢爱沙尼亚的人呢？"
"经济犯罪科。"

■ 一艘大型远洋轮经过一个小岛，岛上有个大胡子男人拼命地大喊并挥舞手臂。
"那人是谁？"乘客问船长。
"不认识。不过我们每年航行经过这里时，他都会这么热情。"

■ 佩蒂：
"你的脚真脏，比我的还要脏。"
查帕耶夫：
"但是佩蒂，我年龄始终比你大！"

■ 三个醉汉在铁轨上爬行。

"这个楼梯也太长了。"一个人说。

"是啊,而且每一节都太矮了。"第二个人说。

"别抱怨了,"第三个人说,"电梯一会儿就来了。"

奥地利

国名全称：奥地利共和国
首都：维也纳
面积：83,879 平方千米
人口：910.6 万（2023 年）
官方语言：德语
货币：欧元（EUR）
加入欧盟时间：1995 年

■ 一个奥地利人开车抵达奥德边境。海关人员拦住他说:

"您是第一个没有超速通过的司机。因此,您将获得 2000 欧元奖励。"奥地利人听了高兴地说:"太棒了!有了这笔钱,我终于可以去考个驾照了!"

坐在副驾驶座上的人说:"别听他胡说,他又喝多了。"

坐在后座的另一个人说:"我早告诉过你,这辆偷来的破车跑不远。"

接着,车的后备箱也打开了,里面有个声音问:"我们已经过边境了吗?"

■ 三个老太太一边喝咖啡一边聊天。

第一个说:"虽然我老了,但我仍然感觉很好。只有在我穿上大衣时,我才不知道自己是刚来还是准备走。"

第二个说:"如果我手里拿着电话,我不确定是否想打电话给某人,还是已经打过了。"

第三个说:"我比你们都要好,"说着她在桌子上敲了三下,说,"请进!"

■ 办公室的电话响了,一名员工拿起电话说:

"谁这么不会找时候,敢在午休时打扰我?"

电话那边一个声音生气地大叫:

"你知道你在和谁说话吗?我是总经理!"

员工回答:"那你知道你在和谁说话吗?"

总经理很惊讶:"不知道。"

员工:"那太好了!"说着,他立即放下了电话。

■ 有位女士来到萨尔茨堡火车站的售票处说:

"给我一张去维也纳的往返票,我要永远离开我丈夫。"

■ "你读过《啤酒的危害》一书吗?"
"读过。"
"那你停止喝酒了吗?"
"没有,但我停止阅读了。"

■ 上课时,全班突然哄堂大笑起来。老师问:
"你们笑什么,街上的人,还是我?"
"不是您。"学生们说。
老师惊讶地说:
"那我就不明白了,还有什么更可笑的!"

■ 一位邮局职员每天的工作就是在信封上盖邮戳。在一次电视采访中,记者问他:"您不觉得这份工作特别单调吗?"
他说:"一点儿也不,您别忘了,我每天盖邮戳的日期都是不一样的!"

■ 一位公务员正在办公室发呆。这时,一位仙女突然出现在他面前,说可以实现他的三个愿望。公务员想了想说:"我希望躺在一个有着棕榈树、清澈海水和阳光的岛屿上晒太阳。"刹那间,他便躺在了世界上最美的海滩上。接着他又说:"我希望身边有美女相伴。"一转眼,美女便来到了他的身边。最后,这位公务员说:"我希望再也不用工作,而且没有任何压力。"转瞬间,他又回到了自己的办公室。

■ "你知道公务员一周内哪一天最忙碌吗?"
"周一,因为这一天早上他们需要从日历上连续撕下三页纸。"

■ 一位可怜的老人急需 200 欧元,她便给上帝写了一封信,请求给她寄些钱。邮局的工作人员见信封上写着"天堂,上帝收",便把信转投给了地方财政局。财政官员看到这封急切的求助信后，对老人顿生同情，便设法为她争取了 100 欧元的救助金，并寄给了老人。老人收到钱后十分感动，急忙跑到附近的教堂虔诚地感谢上帝。不过在离开前，她再次转向祭坛说："亲爱的上帝，如果你下次再给我寄钱，千万不要通过财政局寄了，因为他们会把总额的一半都给截留了。"

■ 警察拦住一辆车检查，并告诉司机他们正在追捕凶手。司机回复说他不认识任何人。但 10 分钟后，司机返回来对警察说："警察先生，我可以当凶手，但你们得告诉我给多少钱奖励。"

■ "一个优秀的妇科医生、一个糟糕的妇科医生，还有一个整形外科医生一起站在医院门口抽烟。这时，一阵风吹过来一张 100 欧元的钞票，猜猜谁会去捡它？"

"肯定是那个糟糕的妇科医生，因为整形外科医生根本不屑于为了 100 欧元而动他的手指，而所谓的优秀妇科医生根本不存在。"

■ "你知道外科医生、内科医生、心理学家和病理学家之间的区别吗？"

"外科医生什么都会，但什么都不懂。内科医生什么都懂，但什么也不会。心理学家什么都不懂、什么也不会，但什么都敢说。病理学家什么都懂、什么都会，但总是晚半拍。"

■ 魔鬼对一名年轻的律师说：

"我可以帮你成为全国知名的律师，帮你赢得每一个案子，让你拥有数不尽的财富。但作为回报，你要把你妻子、父母和两个无辜孩子的灵魂交给我！"

律师想了想，然后满是怀疑地问：

"挺好啊，就这还算条件？"

■ 奥地利的一个高官来到天堂。天使长加百列告诉他:"按惯例,你可以先去地狱体验一天,再来天堂体验一天,然后再决定你想去的地方。"于是他们一起来到地狱。在这里,高官见到了很多老朋友,他们一起打高尔夫,一起在泳池边喝鸡尾酒,一起狂欢。撒旦就在他们中间,有说有笑,晚上还举行了盛大的派对,每个人都很开心。第二天,高官又来到天堂。在那里,人们都在白云上听音乐,虽悠闲但很乏味。于是他对加百利说:"天堂虽然好,但我想去地狱,因为那里乐子多。"

第三天,他如愿再次来到地狱。可谁曾想眼前到处是荒漠,寸草不生,炎热至极,他的朋友们都穿着破旧的衣服在翻捡垃圾。

他不解地问:"高尔夫球场呢?餐厅、鸡尾酒和音乐呢?都没了吗?"

撒旦回答:"我说高官先生,那都是昨天才有的,因为昨天是大选前,而今天是大选后。"

■ 奥地利的幽默大师对瑞士同行说:"我们奥地利人经常被你们瑞士人取笑,我们很不满。这些笑话只有一个主题,就是说奥地利人有多么愚蠢。"

"请不要那么认真嘛!"瑞士同行回答道,"既然是笑话,就不是事实,主要功能是逗大家一乐。我们瑞士人也有蠢蛋,不信您瞧。"

说完他转身对自己的司机说:"你回我们家看看我在不在那里。"

司机听完马上就走了。

奥地利的幽默大师见状,哈哈大笑地说:"真是个笨蛋,打个电话不就行了。"

■ 一个人去看心理医生,抱怨说大家都很烦他。

医生让他慢慢从头说起。

于是他说道:"一开始,我创造了天地……"

■ "经理，我能不能提前两个小时回家？我老婆想让我陪她逛街。"

"不行。"

"哇，太感谢您了，经理！我就知道您不会让我失望的！"

■ 一名即将离职的公司经理在和他的继任者交接工作。他把保险箱的钥匙给了对方，并交代说：

"我在保险箱里留了三个带编号的信封。当公司遇到困难时，请按顺序打开它们，我有妙计相送。"三个月后，公司营业额大幅下降，董事会很不满意。新经理想起前任的话，便打开了第一个信封。里面有一张字条，上面写着：请把责任推给你的前任！新经理照做了，果然获得了董事会的谅解。

又过了半年，公司再次遇到问题。新经理打开第二个信封，里面的字条上只有两个字：重组。

他依计而行，职务保住了，但公司的问题更加严重了。于是他打开第三个信封，里面的字条上写着：写好三个信封，准备走人！

■ 化学老师对着学生们大声说："请注意！现在我要把这枚金币投进这个液体中，你们猜会发生什么？这枚金币会被溶解吗？"

"绝对不会！"学生们异口同声地回答说，"否则您是不会把它扔进去的！"

■ 一名官员开着新买的保时捷在高速公路上兜风，结果出了车祸。当救援人员把他抬上救护车时，他痛心疾首地大哭：

"我的保时捷啊，我的保时捷！"

医生劝他说："何必为一辆车痛哭。您虽然失去了左臂，但您应该庆幸自己还活着。"

官员听后哭声更大了："我的劳力士啊，我的劳力士！"

■ 两名乘客来到车站问讯处向工作人员抱怨，一个说：

"没有一趟列车不晚点！我很想知道你们这个列车时刻表是干什么用的！"

工作人员礼貌地回答说：

"先生，如果没有这个列车时刻表，您是不会知道列车晚点的。"

■ "最好的政治家在哪里？"

"在选举海报上，他们亲切、睿智、包容，而且很容易被搞掉。"

■ 医生对病人说：

"我有一个好消息、一个坏消息。"

"那就先告诉我好消息吧。"病人哀求道。

"我决定以你的名字来命名这种疾病……"

■ 一个牛仔从牧师那里买下一匹马。牧师向牛仔解释说：

"只要你说'感谢上帝'，马就会向前跑，再说'阿门'，它就会停下来。"

牛仔付过钱，说了声"感谢上帝"，便骑着马走了。过了一会儿，眼看离悬崖越来越近，可牛仔却忘了说什么才能让马停下来。好在就在离悬崖只有一尺距离的时候，他喊出了"阿门"，马终于停了下来。牛仔长舒了一口气，说道："感谢上帝……"

■ "一个勃艮第人和一个萨尔茨堡人一起从珠穆朗玛峰跳下，你猜谁会先落地？"

"萨尔茨堡人，因为勃艮第人总是迷路！"

■ 一个人在酒店的房间里打死了四只苍蝇，然后向老婆吹嘘说他打死了两公两母。

他的老婆不信，问他怎么知道是两公两母的。

他说："这个很容易分辨，两个公的趴在迷你吧上，两个母的蹲在电话听筒上。"

■ 有人经常在牧师的果园里偷水果。牧师只好在果园里竖起一个牌子,上面写着:"上帝都能看见!"
第二天,牌子上又多了一行字:
"但从来不告密!"

■ 汉斯和弗朗茨一起到非洲的野生动物园参观。突然,一头狮子出现在他们面前。
"我们现在该怎么办?"
汉斯说:"我得赶紧跑。"
弗朗茨说:"拜托,你不可能跑得过狮子的!"
汉斯答道:"跑不过狮子没关系,我只要跑得比你快就行。"

■ 一个小个子男人悲伤地坐在酒馆里。这时,一个大个子走进来,一把拿起他的啤酒喝了个精光。小个子见状放声大哭。大个子不屑地说:"哭什么哭!不就是一杯啤酒吗?"
小个子抽泣着说:"我真是太倒霉了。老婆背叛了我,银行账户严重透支,老板炒了我鱿鱼,我躺在铁轨上等死,但因为罢工没有火车,想上吊结果绳子断了。我用最后的钱买了啤酒,并在里面放了毒药,现在又被你抢去喝了,要死都这么难!"

■ 一个普通的奥地利纳税人来到天堂,看到墙上挂了很多时钟,便问迎接他的圣彼得这些钟是做什么用的。圣彼得解释说:
"人间的每个政府在我们这里都有一个对应的时钟,如果这个政府犯了政治错误,时钟上的指针就会向前跳动一格。"
"哦,请问奥地利的时钟在哪里?"
"在厨房,我们把它当风扇用。"

■ 老板在对秘书口述信件内容。过了一会儿，他检查了一下秘书写的东西，说：

"不错！到目前为止只有两处错误。下面接着写第三句。"

■ 动物园最受欢迎的动物——大猩猩"金刚"死了。

动物园园长问一个学生，是否愿意扮演"金刚"，并以此挣钱。

学生同意了并问："需要我做什么？"

"你只需套上这张皮，从一棵树跳到另一棵树上，学着猩猩叫就行。游客不会认出你的。"

学生接受了这份工作。第二天，他的表演十分完美，游客们都以为他就是"金刚"。学生受到鼓舞，更加卖力地表演，结果不小心掉进了狮子笼。他吓得大喊："救命啊！它们会吃掉我的！"

突然，其中一只狮子转过头小声对他说：

"闭嘴，你这个笨蛋，你会害得我们都失业的。"

■ 梅尔夫人因为肚子痛去看医生。

医生检查后说："可能是阑尾炎。我给你割了吧。"

过了几周，她又因为嗓子疼来看医生。

医生诊断后说："是扁桃体炎。我给你割了吧。"

又过了很久，梅尔夫人再次来看医生。

医生问她这次哪里不舒服。

她颤巍巍地说："医生，我不敢告诉你……"

医生生气地说："你不告诉我哪里不舒服，我怎么给你治疗？"

"我……脑袋疼……"

■ 美国联邦调查局和中央情报局都声称自己在抓捕罪犯方面最厉害。因此，美国高层决定让他们比试一下。一名高官在森林里埋了一只兔子，表示谁能找到兔子算谁赢。联邦调查局找了两个星期仍未见到兔子的踪影，于是便放火烧了整个森林，并宣布兔子已被清除。然后轮到中情局寻找。中情局的人在最后一刻抓出来一只熊。那只熊惊恐地大叫:"别打了,别打了,我就是你们要找的兔子!"

- 一位天主教神父问另一位神父:

"你觉得我们会活着看到独身主义被废除吗?"

"不知道,但我们的孩子肯定能看到。"

(注:天主教神职人员不能结婚)

- 奥地利议会大选在即,两个商人在讨论该投票给哪个党。

一个说:"我会投给现任总理所在的党,因为他为我创造了有利的营商环境。"

另一个惊讶地说:"你疯了吗?他对营商一无所知。"

"我就喜欢这个。本届政府执政之初,我有50个竞争对手,现在只剩下了10个。"

- 男人一边嚼着食物一边问他的老婆:

"今天还是罐头食品吗?"

"是的,亲爱的。我看到罐头上有一张特别漂亮的狗狗照片,就忍不住买下了。另外,图片旁边还写着:专为你的宝贝提供。"

保加利亚

国名全称：保加利亚共和国
首都：索非亚
面积：11.1 万平方千米
人口：683 万（2021 年）
官方语言：保加利亚语（该国的土耳其族也可以在官方场合使用土耳其语）
货币：列弗（BGN）
加入欧盟时间：2007 年

■ 父母与孩子的对话：
"爸爸，我长大后要和奶奶结婚。"
"别胡说，你怎么能和我妈结婚！"
"为什么不能？你不是也和我妈结婚了吗？"

■ "伊万，你昨天为什么没来上学？"
"老师，我们家多了个新成员。"
"你有小弟弟或小妹妹了吗？"
"我有了一个新爸爸！我妈昨天第五次结婚了。"

■ 一名乘客愤怒地冲向车站并大声地对工作人员喊道：
"如果你们不能按时刻表发车，那要时刻表做什么？"
工作人员微笑而平静地回答道：
"如果每个人都不愿意等，那我们要候车室做什么？"

■ 护士正在给一位刚做过眼科手术的病人喂饭。
蒙着眼睛的病人说：
"你给我吃的是什么药？这么恶心！"
"放心，这不是药，是午餐！"

■ "最近，我在报纸上看到，小东西往往比大东西更重要。你觉得有道理吗？"
"有啊，我就可以证明。比如我每次回家时，找到房子很容易，但找到房子门上的门锁眼就很费劲。"

■ 一名旅客对火车站小卖部的售货员说：
"请给我一些可以带在路上吃的奶酪。"
售货员对他眨了眨眼，问：
"您是想填饱肚子，还是想一个人一个车厢？"（注：有的奶酪

033

很臭）

■ 一个保加利亚人敲开邻居的门说:"好邻居,您好!我家来了15位客人,但我只有10把椅子。请问您家里有多余的椅子吗?"

"有的。"

"太好了!那我这就把另外5个人给您带过来。"

■ 一头正在散步的狮子遇到一只长颈鹿。

"嘿,大个子!你说森林里谁最帅?"

"当然是您了,狮子大哥。"

不一会儿,狮子又遇到一匹斑马。

"嘿,你这个全身长满条纹的家伙!告诉我,森林里谁最帅?"

"您啊,狮子先生。"

狮子接着往前走,又看到一头大象。

"嘿,你这个耷拉着耳朵的家伙!森林里谁最帅?"

大象二话没说,用鼻子把它卷起来扔进泥坑,头也不回地走了。

狮子爬起来,一边用力地抖着身上的泥一边小声说:

"生什么气嘛,就说你不知道不就行了!"

■ 一天,加布罗万家里来了客人,他们坐着干聊了半天。这时,女主人提醒丈夫说:

"怎么也不给客人来点新鲜的东西(双关语,指'点心')呢?"

"哦,当然,有新鲜的。"加布罗万说着随手打开了窗户……

■ 加布罗万带客人参观他的公寓:

"这是我的音乐室。"

"可是,这里怎么没有乐器?"

"不需要乐器,这里是能听到邻居家广播的最佳位置。"

■ 一个保加利亚人家里来了客人。主人给客人端来面包说:
"请先吃面包,吃完我们就上鸡。"
他这样提醒了客人好几次。
客人只好尽力把面包吃完。这时,主人喊道:
"老婆,该上鸡了,让那只母鸡过来吃面包屑了。"

■ 一个名叫斯巴索夫的小孩儿不小心丢了一枚硬币,他伤心地哭了起来。
一位老人看到他,问道:
"孩子,你为什么哭啊?"
"我丢了一枚硬币——1列弗"。
老人怜悯这个孩子,给了他1列弗。但这个孩子哭得更厉害了。
"你为什么还在哭啊?"
"如果没有弄丢那一枚列弗,我现在就有2列弗了。"

■ 有个拿着相机的人在河边走着。
这时一个女人从他后面追上来:
"快,快跟我来,我丈夫掉河里了!"
"很抱歉,"那人说,"我的相机没电了……"

■ "伊万,如果你妈妈给了你三个苹果,你又从妹妹那里抢了两个。你总共有几个?"
"五个苹果,外加爸爸的两个耳光。"

■ 一个美国人、一个德国人和一个保加利亚人一起参加一项挑战,规则是在灯光熄灭后的一分钟内,看谁能率先拿走保险柜里的钱。
首先上场的是美国人。灯光熄灭一分钟后再次打开灯,他还没有打开保险柜。
接下来上场的是德国人。灯光熄灭一分钟后再次打开灯,他刚刚打开保险柜。

最后上场是的保加利亚人。灯光熄灭一分钟后,并没有人再次打开灯。这时有人在黑暗中大喊:

"嘿,你已经拿走了一个亿,为什么还要偷一个灯泡?"

■ 在一辆长途汽车上贴着这样一幅广告:"求购附近公寓,急!"

■ 在疯人院里,一个病人正在费力地拉着一辆底朝天的车。
有人问他:"你为什么底朝上拉车?"
"别以为我傻!上次我正常拉车,立马就有人往车里装满了砖头……"

■ 有人在做街头采访。他问一个英国人:"如果你有一百个苹果,你会怎么做?"
"分给一百个英国儿童!"
他又问一个法国人同样的问题。
"分给一百个漂亮的法国姑娘!"
最后,他去问一个保加利亚人同样的问题。
"使劲吃。实在吃不下,就在每个苹果上都咬一口,这样其他人也就没法吃了!"

■ 伊万奉承玛仁卡道:
"玛仁卡,你今晚真漂亮!"
"很遗憾,我没法用同样的话回应你。"
"那你就像我一样,撒个谎嘛!"

■ 老师生病住院了,同学们派伊万去看望她。
伊万回来后报告说:
"同学们,完蛋了。老师明天就出院,后天就回学校了。"

■ 一位老师在与家长的沟通本上留言：
"玛仁卡太爱说话了！"
第二天，老师看到玛仁卡父亲的留言：
"那是您还没见过她的母亲。"

■ 一天，伊万自豪地对爷爷说：
"今天我帮助一位老奶奶过了马路。"
"做得好，奖励你 1 列弗。"
第二天，伊万又带着玛仁卡去见爷爷。
"今天我们又帮助一位老奶奶过了马路。"
"很好，奖励你们每人 1 列弗。"
玛仁卡离开后，爷爷问伊万：
"为什么今天要两个人？"
伊万解释道：
"因为那个老奶奶反抗得太厉害了，我一个人很难把她架过马路。"

■ 数学老师问学生：
"有一栋带楼梯的房子，总共五层，每层有二十个台阶。一个人要爬多少个台阶才能到达顶层？"
伊万很有把握地回答说："所有台阶。"

■ 老师问伊万："你能举一个彻头彻尾失败的历史人物吗？"
"当然能，哥伦布。"
"为什么是他呢？"
"因为他出海时不知道自己要去哪里，抵达时也不知道自己到了哪里，回来后又不知道自己去了哪里。"

■ 来自全国各地的保加利亚人搞了个大聚会，并各自带来了本地的美食。

布尔加斯人带的是鱼特产。

格尔那镇的人带的是特制香肠。

索非亚人带来了烤鸡。

特洛亚人带来了李子酒。

拉兹格拉德人带来了自制的酸奶。

加布罗夫人则带来了自己的兄弟（意为蹭吃蹭喝）。

■ 一个人在自行车店里对售货员说：

"女士，我想给我妻子买一辆自行车。您能推荐一下吗？"

"您想给她一个惊喜吗？"

"我肯定会把她惊到的。因为她以为我会给她买一辆奔驰……"

■ 聪明人是指用智慧赚钱的人。

而智者则是雇佣聪明人为其赚钱的人。

■ 三个常见的学生谎言：

"我明天就开始学习！"

"下次我肯定独立完成作业！"

"借我20列弗，明天就还给你。"

■ 纳恩和武特见面聊天。纳恩问武特现在做什么工作。

"我是一个科技工作者。"武特说。

"那什么是科技工作者呢？"纳恩问道。

"这么说吧，我们一直做着各种各样的实验，并把过程和结果记录下来，做好日志。比如我们抓住一只蜈蚣，先揪下它的一条腿，然后命令它跑。它立刻逃跑，然后我们就做好记录：蜈蚣能跑。接着我们再把它抓回来揪下另一条腿，大声命令它快跑，它果然又跑了。这时，我们会在日志中写下：蜈蚣还能跑。就这样，我们不停地重复这个实验,直到把蜈蚣的 100 条腿都揪下来,然后再次命令它快跑。可是,这次它真的跑不了了,于是我们就在日志中写道:蜈蚣最后变成了聋子!"

■ "你通常用什么方法来治疗失眠?"
"睡前喝二两李子酒。"
"然后你就能睡着了?"
"不能,但起码这样的失眠会更快乐些。"

■ "生命中最大的考验是什么?"
"让一个有听力障碍的法官听一个口齿不清的律师向一个结巴的证人问话……"

■ 经验是什么?经验就是一个人在不再需要它时获得的东西。

■ 小斯巴索夫在写作业时遇到了一道难题,于是就问妈妈:
"妈妈,猪吃什么?"
母亲回答说:
"我不知道,问你爸吧。"

■ 一个胖子一上公交车就大声嚷嚷:
"快给带着鱼缸的人腾个地儿!"
一个男孩站起来,腾出他的座位,然后问道:
"叔叔,您的鱼缸在哪里?"
胖子拍了拍自己的肚子说:
"在这里,里面有 30 条沙丁鱼和 10 瓶啤酒。"

■ "人们都说加布罗夫的男人不够绅士,但这不是事实。今天我就亲眼看到一个加布罗夫男人在为给他换轮胎的女士撑伞。"

■ 一个加布罗夫人冲着朋友抱怨：
"当今这个时代真是没朋友了。昨天我向伊万借100列弗，那个混蛋竟然拒绝了我！"
"嘿，我提醒你啊，我也是他那样的混蛋。"

■ 妈妈对伊万说：
"你们老师让我明天去趟学校，你知道是什么事吗？"
"不知道。我已经一个月没有见到她了……"

■ 伊万从学校回家后对父亲说：
"爸爸，明天请你到学校参加一个特别家长会。"
"特别？特别在什么地方？"
"只有我、你、校长和两个警察……"

■ 在小学一年级开学的第一天，老师对同学们说："孩子们，如果有人想发言，一定要先举手。"
伊万立刻举起了手。
老师问："你要说什么，伊万？"
"没什么，我只是想验证一下这规定是否有效。"

■ 理工大学的两名学生正在交谈。
"我们该怎么决定？"
"抛硬币吧！如果是正面，我们就买啤酒；如果是反面，我们就买伏特加；如果它停留在空中，我们就学习。"
他们抛出一枚硬币，然后……硬币停在了空中。
"这一定是楼上的物理老师又在做什么鬼实验！"

■ 老师让班上的孩子们用画介绍一下自己的家庭成员。
过了一会儿，他看到伊万的画后问他：

"你为什么要给你父亲画上蓝头发？"
"因为我没有肉色的笔。"

■ 有个学生在参加面试。
教授："你叫什么名字？"
"伊万·彼得罗夫！"
"你为什么这么高兴？"
"因为我已经答对了一个问题！"

■ "您好，是急救室吗？"
"是的，这里是急救病房。"
"伊万诺夫还活着吗？"
"还没救活呢……"

■ 加布罗万问他的小儿子：
"儿子，你还记得去年圣诞老人给你带了什么礼物吗？"
"当然记得了，爸爸，是一块棒棒糖，您没看到我还在舔吗？"
"没错，儿子。过来，我给你把糖纸剥掉。"

■ 两个朋友相遇。
"嘿，你去哪儿度假了？"
"前一半是在布尔加斯度过的。"
"那后一半呢？"
"你看见了，在石膏里。"

■ 在保加利亚，当傻子和道路这两者凑到一起时，就是游客……

■ 有一个日本人和一个保加利亚人，他们分别是两家相互竞争的工厂的老板。这两家工厂的设备和产能旗鼓相当。有一天他们在一起吃晚餐。

日本人说:"我总共有 9 名员工。"

而保加利亚人的工厂里有 500 名员工,为了不显得尴尬,他说:"我的工厂有 10 名员工。"

这个日本人一夜没睡好,第二天带着黑眼圈问保加利亚人:

"我想了一晚上也没想明白,您要第十个员工做什么呢?"

■ 两个老人坐在公园的长椅上。

"佩沙,你在读什么呢?"

"我不知道。"

"你怎么能不知道呢?你不是在大声朗读吗?"

"没错,但你知道的,我几乎什么也听不到。"

比利时

国名全称：比利时王国
首都：布鲁塞尔
面积：30,688 平方千米
人口：1158 万（2022 年）
官方语言：荷兰语、法语、德语
货币：欧元（EUR）
加入欧盟时间：1957 年

■ 一个年轻的比利时人来到医院急诊室。
"医生，我浑身到处都疼。"
"到处？"医生问道。
"是的，"他解释说，"凡是我碰到的地方都疼。比如，头……"
他用食指摸了一下额头，然后痛苦地尖叫。
"或者肚子。"
他又指了指肚子，然后又撕心裂肺地尖叫。
他又指向胸、颈、肋骨，强调一碰就疼得不得了。然后医生说：
"好了，我知道你是怎么回事了。"
"怎么回事？"
"是您的右手食指断了。"

■ 一位热心的中年人对铁路巡查员说：
"巡查员先生，我知道如何避免在铁路事故中出现大量的人员伤亡。"
"您有什么办法？"巡查员好奇地问道。
"您知道，列车的第一节和最后一节车厢最危险，对吗？"
"对，那应该怎么办？"
"很简单，您只需把第一节和最后一节车厢摘掉就行了！"

■ 一个农民在田野里喷撒蓝色粉末。
一个小男孩走过来问他："您为什么要往田里撒这种粉末？"
"这是一种很好的防御手段。"农民回答。
"防御什么？"
"大象。"

■ 在公园的一角，有位女士问正在拍球的小女孩：
"你多大了？"
小女孩思考了一会儿，然后谨慎地说：

"这很难回答。年龄每年都会变化,谁能知道呢?"

■ 病人:"我该如何服用您给我开的这些治疗腹痛的药片呢?"
医生:"在疼痛前的两小时服用。"

■ 正在行驶的火车突然意外停车。列车长向乘客报告说:
"我有一坏一好两个消息。坏消息是,机车引擎出了故障。好消息是,幸好我们乘坐的不是飞机。"

■ 一只小北极熊问妈妈:"妈妈,我真的是北极熊吗?"
"当然是啦!"母亲说。
过了一会儿,小熊又问:
"妈妈,我真的是北极熊吗?"
母亲耐心地回答:
"当然,亲爱的,我是北极熊,你爸爸是北极熊,所以你肯定是北极熊。现在好好吃饭吧。"
但没过一会儿,小熊又一次问同样的问题。熊妈妈失去耐心地说:
"你是北极熊,为什么要一直问这个问题?"
小熊耸了耸肩,抱怨道:
"因为我觉得好冷。"

■ "每天早上电视里都有一个有趣的节目,人们可以跟着健身教练在家里健身,你知道吗?"
"知道。"
"那你为什么不和他一起练习,你不是可以变苗条吗?"
"我试过,可我每次都只能练习第一个动作。"
"什么动作?"
"教练叫我去打开窗户。"

■ 两个瓦隆人骑着自行车路过弗兰德地区。其中一个人看到远处有个加油站,便对同伴儿说:"歇会儿,找点儿乐子,让你见识见识弗拉芒人有多实在。"然后,他从自行车上下来,对一个弗拉芒人说:"您好啊,好心人!请帮我把油箱加满。"弗拉芒人把自行车的车座儿拧下来,并给车架子灌上柴油。瓦隆人又说:"您能再擦一下挡风玻璃吗?"弗拉芒人掏出一块又脏又旧的抹布,把车把、车灯擦拭了一遍。"请再检查一下轮胎,我觉得气有点不足。"于是,弗拉芒人检查了胎压并充了气。"谢谢!一共多少钱?""3块5。"瓦隆人开心地付了钱,刚骑上车准备走,突然被弗拉芒人一巴掌打在鼻子上。"哦,上帝,"瓦隆人叫道,"你疯了吗?""咋了,老兄,"弗拉芒人说,"我在帮您关车门啊,不是吗?"

■ "为什么比利时人薯条多,而阿拉伯人却石油多?"
"那怪谁,因为在上帝创造世界并分配财富时,比利时人是第一个自己选的。"

■ 在佛罗兰尼斯军事基地,一名上尉正在欢迎一群新兵。他说:"听我口令,分成两队,瓦隆人在左,弗拉芒人在右。"他怕有些人听不懂,又用弗拉芒语重复了一遍。士兵们迅速移动,但分成了三队。一队在左,一队在右,还有一队原地没动。待在原地的一名新兵疑惑地问:"报告长官,比利时人应该站在哪边?"

■ "为什么比利时人的花园形状都是圆的?"
"为了防止狗在墙角撒尿。"

■ 一个比利时年轻人坐在酒吧里喝啤酒。这时出现了一个精灵,精灵对他说:"你看上去很孤独。我今天心情不错,可以满足你两个愿望。"年轻人回答:"那就给我一个啤酒杯吧,里面的酒永远也喝不完的那种。""好嘞,小菜一碟。"说完,一个啤酒杯出现在年轻人面前。他喝了一杯又一杯，果然很神奇，每当他喝到杯子里只剩下最后一滴酒时，酒杯就会自动灌满。这时精灵有些不耐烦地问："你的第二个愿望是什么？"年轻人说："和第一个一样。"

■ "不能胜任工作是什么意思？"
"就是比利时员工。"

■ 两个比利时人在法国度假，他们喝完酒正站在一座桥上争论。其中一个说："这是塞纳河。"另一个说："是卢瓦尔河。""等着，我跳下去一看便知。"他说完便跳了下去。过了半天，那人浑身是血地爬了回来。同伴问："怎么样？是塞纳河还是卢瓦尔河呀？""都不是，是A6高速公路！"

■ 一个比利时人参加一档名为"百万富翁"的知识竞赛节目，可是没想到，第一道题就把他给难住了。于是他打电话求助朋友："哥们儿怎么办？我该选去掉一个错误答案，还是求助现场观众？"

■ "一个长15米，且散发薯条味的东西是什么？"
"一辆满载比利时游客的大巴。"

■ 三个比利时人参观埃菲尔铁塔。其中一人喊道："快看，那下面有个闪闪发光的东西，可能是金子！"为了尽快得到宝贝，他们立即从塔上跳了下去。第二天，法国所有报纸都刊登了一条消息——《三个傻瓜因为一个罐头自杀》。

■ 一位漂亮的女士将崭新的宝马车停在布鲁塞尔一条小巷的人行道上，下车去买华夫饼。可就在她买饼期间，整条小巷被堵得水泄不通。其他司机不停地摁喇叭。一个在附近巡逻的大胡子警察听到噪声走过来，查看是谁的车扰乱了公共秩序。这时，他看到一位女士拿着华夫饼走来，便上前问道："请问，停在双向车道的那辆小车是您的吗？""是啊，很漂亮吧？"女士回答，"可我只停了一小会儿，就是买个华夫饼的工夫。""没错，女士，"警察边开罚单边说，"那您得为这块华夫饼多付500欧元了。"

■ 一个比利时人开车经过海关，里面的官员问："烈酒、白酒、香烟、烟叶？""不，谢谢！一杯啤酒加一份薯条。"

■ 一家比利时人不得不搬到了法国，家长第一时间给儿子安排好了学校。儿子第一天放学回家时满脸得意。妈妈便问："今天在学校都学了些什么呀？""学数学，我那些小伙伴儿只能数到一百，而我能数到一千。"妈妈骄傲地说："这很正常，因为你是比利时人。"第二天妈妈又问了同样的问题，儿子回答："今天学字母，我那些同学刚能读到G，而我已经能读到Z了。""这很正常，因为你是比利时人。"第三天，儿子一回家就宣布："今天学游泳。我的水平远远超过那帮小伙伴。这肯定是因为我是比利时人，对吧？"妈妈说："不，那是因为你已经18岁了。"

■ 两个比利时人——一个是弗拉芒人，另一个是瓦隆人，坐在一条长椅上。弗拉芒人手里拿着一面镜子不停地照，然后突然喊了起来："嘿，好奇怪啊，我好像在哪儿见过里面这家伙。"旁边的瓦隆人拿过镜子，往里看了看说："你当然见过，那不就是我嘛！"

■ 五个法国人乘坐奥迪 Quattro（字面意思是"四"）来到比利时边境。比利时海关人员说："你们的'Quattro'车坐五个人是不合法的。"司机说："怎么可能？'Quattro'只是车的型号，你看证件上写着呢，准乘五人。"海关人员笑了笑说："您别想蒙我，我知道'Quattro'是'四'的意思。"司机生气地喊道："你这个傻瓜，叫你的上司来！""他现在来不了，他正在处理那两个坐菲亚特Uno

（字面意思是'一'）的人的问题呢。"

■ "在幼儿园，怎么一眼就能认出哪个是比利时小孩儿？"
"这很简单，抱着薯条形状毛绒玩具的那个。"

■ 一个比利时人来到"薯条"酒馆点了一杯啤酒，一口气喝完后看了看裤兜，然后又点了一杯。再次喝完后他又看了看裤兜，之后又点了一杯。就这样重复了好几次。服务员不解地问道："您为什么每喝完一杯啤酒都要看看裤兜呢？""我在裤兜里装了一张老婆的照片，等我喝到不觉得她丑了，就可以回家了。"

■ 两个布鲁塞尔小伙儿第一次来到海边。赶上涨潮，他们便一人装了一瓶海水留作纪念。后来，他们又来到海边，正赶上退潮。其中一人便说："你看吧，可不只是我们两个用瓶子装海水哦。"

■ 波尔和杰夫克是两个失业的老司机，两人一起去应聘。招聘经理问："假如你俩一起出车，波尔在后面睡觉，杰夫克在开车。你们正走在一条倾斜10度的下陡坡上，突然发现刹车失灵，方向盘和手刹卡住，车门、车窗也都锁死了。车速越来越快，眼看要冲到一个铁道路口，一列火车正好驶来。铁道前面还有一辆油罐车，左右两侧都是露营地，上面还有一座摇摇欲坠的老桥。这时，你们该怎么办？"杰夫克沉思半响，然后豁然开朗地说："我得赶紧叫醒波尔。"经理不解地问："为什么？""因为这种场面他可从来没见过。"

■ 一根薯条走进一间酒吧，点了一个蛋卷冰激凌。酒保因第一次见到一个活的薯条而惊讶不已，急忙为它服务并要了100欧元。然后，酒保尴尬地说："很少有活的薯条来我们这里。"薯条笑着说："所以你一个蛋卷就收我100欧元我并不感到奇怪。"

■ 一个弗拉芒人和两个瓦隆人一起坐飞机准备跳伞。弗拉芒人说:"我害怕第一个跳。"瓦隆人对他说:"弗拉芒人都很勇敢。""是的。""弗拉芒人都很酷。""没错。""那你可以先跳啊。"弗拉芒人点点头跳了下去,然后立刻打开降落伞。正在他缓缓飘落时,看到那两个瓦隆人飞快地从他身边落下。弗拉芒人一边解开降落伞一边大喊:"你们应该早告诉我,这是一场比赛。"

■ 俄罗斯人的祖先早在 1000 年前就使用电缆通信了。为了不落在俄罗斯人之后,美国科学家数周后向地下挖了 200 米并对外公布,他们发现了大约 2000 年前的光纤痕迹,这意味着美国人的祖先在俄罗斯人之前大约 1000 年就使用数字通信了。大约一周后,比利时人也发表了一份报告称:比利时科学家向地下挖了 500 米,但什么都没发现,由此推断,比利时人早在 5000 年前就已经使用无线通信了。

■ 一个比利时财主去买锯子。店家从货架上取下一个最新款的电锯开始夸耀:"我向您保证,您用这把锯子一小时可以锯倒六棵树。您看看,钛金属刀片、钢链条、双齿、镀铬,包您满意,若还是觉得不好可以退货。"过了两天,比利时财主气冲冲地找上门要求退钱。店家很惊讶:"这是怎么了?您不满意?""满意个锤子,我花了一整天才锯倒一棵树。""什么?这不可能。一定是哪里出了故障!您等等,我看看。"店家接过电锯并打开开关,这下把比利时财主吓了一跳:"等等,这是什么声音?!"

■ 一对比利时夫妇准备买房。在看房时,他们突然听到火车经过时震耳欲聋的声音。女人问:"这是什么声音,这么吵?"房地产经纪人略显尴尬地说:"您最多会在头三天听到这个声音,再往后就不会再注意到它了。""好吧,"男人点了点头,"房子我们要了,头三天我们去酒店住就是了。"

■ 一支比利时足球队正飞往非洲参加比赛。机长不安地感到飞机在颤抖,便派乘务员去机尾察看发生了什么事。"没什么事,"乘务员进来说,"是他们在训练。""啊?那可不行。你用什么办法我不管,但必须让他们立即停止训练。"乘务员离开后,机舱安静了下来。约五分钟后,机长问乘务员:"你是怎么做到这么快就让他们安静下来的?""我告诉他们想玩出去玩。"

■ 一个比利时年轻人在街上散步时路过一个铁壳饮料自动售货机,他不由自主地停下来自言自语道:"奇怪,这是个什么东西?"他投入一枚硬币并摁了下按钮,马上掉出一瓶饮料。"有意思!"年轻人说着又投了一枚硬币,摁了按钮,又掉出一瓶饮料。于是他不停地投硬币,直到路人都被他的行为吸引并提醒他:"这您得花不少钱呀!"年轻人答道:"我的原则是,只要赢,就不会停。"

■ 比利时的一处海滩上正在举办沙雕大赛。一位记者采访获胜者:"请问您为什么把自己的作品命名为'智慧'?"艺术家说:"在回答你的问题前,我想告诉你的是,我最早想创作的作品名叫'人类的愚蠢',但又担心沙子不够。"

■ 一个德国人正在比利时访问。在一个公交车站前他看到两个比利时人,便用德语问:"打扰一下,请问你们讲德语吗?"两个比利时瓦隆人只是安静地看着他。他又用荷兰语问:"你们讲荷兰语吗?"二人还是没有反应。他又试着用英语问:"对不起,请问你们讲英语吗?"二人一言不发地看着他。他又用意大利语问:"你们讲意大利语吗?"还是没有回应。他又用西班牙语问:"你们讲西班牙语吗?"依然没有回应。德国人摇摇头走了。这时一个瓦隆人对另一个人说:"你不觉得我们应该至少学一门外语吗?""为什么要学?你没看见刚才那个人会说五门外语,但还是什么用都没有吗?"

■ 一名戒酒协会的会员正在一间酒吧劝说一个年轻人戒酒,他说:"你知道吗?每年有超过 10 万的法国人死于酒精。"年轻人得意地笑着说:"这不关我的事,我是比利时人。"

■ "你猜比利时人坐火车时最惊叹不已的是什么?"
"是火车司机的技术,他每次都能分毫不差地进入隧道。"

■ 比利时人做什么事都考虑得很周全,当他们冒着大雨在花园浇花时,从来不会忘记穿雨衣。

■ 在比利时考狩猎证通常需要两轮测试。应试者首先进行持枪实弹射击,幸存下来的人再参加理论考试。

■ 一个比利时人很想知道为什么法国人总是嘲笑比利时人。于是他到巴黎去问一个路人,对方说:"打个比方吧。假设你妈有两个儿子,其中一个在美国,那另一个在哪儿?""不知道。"法国人笑得上气不接下气:"第二个就在这儿,巴黎!"这个比利时人回到家对朋友说,法国人总是嘲笑比利时人傻,其实他们说的都是对的。朋友问为什么,他解释说:"我问你,如果我妈有两个儿子,一个在美国,那另一个在哪儿?""这我怎么知道?"他补充道:"笨蛋,他在巴黎!"

■ "在英国怎样一眼就能认出哪个摩托车手是比利时人?"
"车把在右侧的那个。"

■ 两个比利时人一起去伦敦旅游,并决定坐坐红色的双层巴士。他们一开始坐在下面,其中一个说:"我到上面看看。"过了一会儿,他又下来了,对同伴儿说:"还好我们坐在了下面,上面连司机都没有,很危险。"

比利时

■ 一个年轻人每天都在布鲁塞尔中央火车站买两张到奥斯坦德的火车票。售票员觉得很奇怪,有一次便问他为什么一个人要买两张车票。年轻人回答:"另一张是备用的。""备什么用?""以防第一张票丢失啊!""噢,是这样!那如果两张票都丢了怎么办?""如果发生了这种情况,那我还有预付的车票。"

■ 一个比利时人正坐在巴黎的一间酒吧里。老板跟他打招呼:"您好,先生,喝点什么?""金托尼,谢谢!"比利时人喝完后立即朝门口走去。老板看见赶忙大喊:"先生,您还没付钱呢!"比利时人转身说:"我本来不想喝,是你非问我。别以为我是比利时人就想宰我。"大约一个月后,这个比利时人又来到这间酒吧说:"来份儿坚果。""付钱吗?""当然,我自己点的肯定付。"等坚果端上来,他就开始用勺子不停地碾,直到把坚果碾成粉末。老板惊讶地问:"您可以告诉我,您这是在干什么吗?""磨坚果啊,准备做鱼饵的。""您还要配点什么吗?""金托尼,谢谢!"

■ 一个比利时人来到电影院,买了张票后就进去了。过了一分钟,他出来又买了一张票,然而进去没多久,他又出来要再买一张。售票员不解地问:"我不明白,您已经买过两张票了呀……""没错,可是每次我一到放映厅门口,站在那儿的男士就把票要去撕了。"

■ "如果一个比利时人成了一对双胞胎的父亲,他会怎么做?"
"寻找另一个孩子的父亲并送去祝福。"

■ "为什么比利时人要把报纸放进冰柜?"
"为了保鲜,让信息更新鲜。"

■ "为什么比利时人喜欢穿运动服上飞机?"
"因为那儿写着'禁止吸烟'。"

■ "比利时海军为什么没有潜水艇？"

"因为他们举办了一次'开放日'（开门日）活动。"

[注：此处"开放日"与"开门日"是双关语。潜水艇因为参加"开放日"而（在水下）开了门，因此报废了]

■ "在麦当劳店里怎么一眼就能认出哪个是比利时人？"

"把薯条泡在可乐里，并且用吸管吸番茄酱的那个。"

■ 一个捷克人和一个比利时人一起去酒馆。比利时人对服务员说："我要一瓶喜力。"捷克人说："我要一瓶马托尼（苏打水）。"比利时人惊奇地问："你不喝啤酒吗？"捷克人说："你不喝，我也不喝。"

波兰

国名全称：波兰共和国
首都：华沙
面积：32.26 万平方千米
人口：3774.9 万（2023 年）
官方语言：波兰语
货币：兹罗提（PLN）
加入欧盟时间：2004 年

■ 医院里,两个护士正在聊天。
"为什么这个病人的妻子没来探视?"
"因为她也躺在医院里。"
"什么?家庭悲剧?"
"是的,但她说是她先动手的。"

■ 一位男士坐在墓碑旁,悲伤地哭着说:
"你为什么要死啊!怎么就死了呢!为什么?"
路过的人看到后问:"先生,您这是为谁哭成这样?父亲还是儿子?"
"都不是,是我妻子的前夫。"

■ "我老婆特别好。每次我下班回家,她都会吻我,帮我脱衣服,换上拖鞋,然后给我戴上橡胶手套。"
"你要橡胶手套做什么?"
"洗碗。"

■ 一个新婚男士下班回到家。妻子说:
"我有个好消息!很快我们就是三口之家了。"
男人高兴得手舞足蹈:
"哦,亲爱的,我真是世界上最幸福的人!"
"你这么兴奋,我真的很高兴,明天我就让我妈搬来和我们一起住。"

■ 两个多年未见的朋友见面。
"你怎么样,老伙计,还好吗?"
"唉,不怎么样!我有尿床的毛病,不知道该怎么办。"
"你知道吗?附近住着一位优秀的心理治疗师。你试着去他那里看看,也许他有解决方案。"

几个月后，二人再次见面。
"你去看心理治疗师了吗？"
"去了，我要特别感激你。"
"你没有那个问题了？"
"仍然有，但我已不介意，甚至我为此感到自豪！"

■ 一位中年妇女去看牙医。当她在候诊室看到医生的简介时，突然联想起30年前她高中班上一个英俊、高大、讨人喜欢的男生。但当她看到他时，意识到这可能是个误会。眼前这个秃顶的家伙，满脸皱纹，不可能是她的同学。做完检查后，她试着问他是否在附近的高中上过学。
"是的。"他回答。
"你哪年毕业的？"
"1985年。"
"哎呀，"她惊呼，"我认出来了，你就在我们班！"
牙医仔细看了看她，问道：
"是吗？那您教哪一科？"

■ 两个渔民正在湖边钓鱼，忽然看到不远处一个踩着滑水板的人沉了下去。他们赶紧去救人，费了很大的力气，终于把溺水者拖上岸，并给他做人工呼吸。
这时，一个渔民突然说："这可能不是他。"
"为什么？"
"那个人刚才踩的是滑水板，而这个人穿着溜冰鞋。"

■ 助产士抱着三个新生儿来到产房外，对等候的爸爸说：
"这么多孩子没把您吓到吧？"
"没有。"
"好，那您先抱着他们，我去抱剩下的。"

◼ 一个年轻帅气的男士向心理医生倾诉:"我拥有一个普通人所需要的一切。我有一座漂亮的房子、一个爱我的妻子和三个孩子,生意兴隆,还有很多钱。我唯一缺少的是激情。我需要高剂量的肾上腺素,否则无法正常工作。我尝试过跳伞、潜水,甚至去过原始森林,但这些都还不够。"

"那就找一个情人。"医生建议他。

"我已经有三个了。"

"那就把你跟她们的事告诉你老婆。"

◼ 警察拦下一辆超速行驶的汽车。

"晚上好,先生!知道我为什么拦你吗?"

"知道,警官……因为超速,但这是一个生死攸关的问题。"

"为什么?"

"因为有个女人在家里等我。"

"我不明白,为什么有人等你就成了生死攸关的问题。"

"如果我不能在我妻子回家前到家,我就会死。"

◼ 一个小镇的警察拦截了一辆超速行驶的摩托车。

"警官,请听我解释。"

"闭嘴,"警察喊道,"在拘留所老实待着,等局长回来再处理你!"

"可是,警官,我只想说……"

"少废话!"

几个小时后,警察对摩托车司机说:

"还算你走运,局长正在参加他女儿的婚礼。如果他回来时心情好,可能会放你一马。"

"我敢打赌他的心情一定不会好。"司机回答说。

"为什么?"

"因为我是新郎!"

■ 消防队长来到值班室，先点上一支烟，又给自己冲了杯咖啡，然后对消防员说：
"伙计们，准备灭火，税务局着火了。"

■ 有一种新药正在进行临床试验。病人被分为两组：一组服用药物，另一组服用安慰剂，但他们都不知道自己属于哪一组。
这天，一个病人来找医生：
"医生，您给我换了药。"
医生小心翼翼地问："您怎么会这么说？"
"这很容易被发现。之前，我把药丸扔进碗里会浮起来，现在直接沉底了。"

■ 病人对医生抱怨道：
"医生，我晚上睡不着，翻来覆去多次也没用。"
"如果我也是这样翻来覆去地运动，肯定也不能入睡。"

■ 医生非常明确地告诉病人：
"您必须戒烟、戒酒、戒咖啡，严格遵守饮食禁忌，不吃脂肪、糖或碳水化合物。为了您的心脏健康，您必须停止性生活。而最重要的是，你要使生活充满乐趣，更多的生活乐趣！"

■ 医院的一名实习生问科主任："我应该在死因栏里写什么？"
"把你的姓名写在上面就行了！"

■ "你相信有来世吗？"老板问一名刚入职的员工。
"是的。"员工回答说。
"那就对了，"老板肯定地说，"昨天你请假去参加你祖母的葬礼，她老人家今天就来公司找你来了。"

■ 两个好友在聊天。
"萨沙,如果一套西装和一瓶伏特加价格一样,你会买什么?西装还是酒?"
"当然买酒了!我要那么贵的衣服干吗?"
"老同学,你知道吗,最近网上流传一则信息,说有一种疾病可以用白兰地治愈。"
"真的吗?那你知道,怎么才能得上这种病吗?"

■ 科瓦尔斯基像往常一样上班迟到了。老板问他:
"科瓦尔斯基先生,你当过兵吗?"
"当过。"
"那么当你迟到时,中校通常会对你说什么?"
"没什么特别的,一般都会说:你好,少校!"

■ 一家广告公司的一名员工下午四点就下班回家了。同事们惊讶地看着他,但什么也没说。第二天,他又在工作八小时后准时回家,同事们看他的眼神都充满了敌意,但他们依然保持了沉默。第三天,下午四点钟,这家伙又起身准备回家。他的同事们实在忍受不了了,就质问他:
"我们在这里像驴一样每天工作16个小时,你为什么这么早就要回家?"
"我是回家早些,但你们别忘了,我正在休假!"

■ 一个人走进银行对银行职员说:
"您好!小姐,我要取钱。"
"您在这儿开户了吗?"
"没有,但我有一把上了膛的左轮手枪!"

■ 小苏菲正在花园里填坑。邻居老头在栅栏另一边问她:

"你在做什么,小苏菲?"
"我的金鱼刚刚死了,我把它埋了。"
"但对金鱼来说,这个坑有点大,你不觉得吗?"
"必须大些呀,我的鱼是在您家蠢猫的肚子里呢!"

■ 两个同学在聊天。
"你还要和马伦卡订婚吗?"
"不了,我们一个月前就分手了。她嫌我穷。"
"那你为什么不告诉她,你有一个有钱的叔叔?"
"我和她说了,也正因如此,她现在成了我的婶婶。"

■ 大卫·科波菲尔没有护照,但又想通过波兰与俄罗斯的边境。海关人员看他还顺眼就对他说:
"如果你能表演一段漂亮的魔术,我就让你过去,不需要护照。"
大卫撒下一把雪白的粉末,口念咒语,突然一只白鸽子从粉末中飞出。海关人员连声叫好。
"现在让我给你露一手。"海关人员说。
海关人员把魔术师带到蓄水车旁边,指给他看,说水里含有酒精,并在一些文件上接连盖了几个章。海关员说:"现在请看,这些不是水,是绿色的豌豆!"

■ "我们上次去猎鹿大概是什么时候?"国王问道。
"昨天,陛下。"
"那我们今天的午餐为什么还要吃马肉呢?"
"很抱歉,陛下,厨师说只能做您射杀的猎物。"
"那昨天射杀的一定是马了!"国王终于知道受骗了。

■ 男人坐在电脑前,妻子在他身后说:
"让我用一下吧,我也想上网。"

"一边儿去！你洗碗的时候，我和你抢过海绵吗？"

- "那个医生太神了！他只用了几秒钟就治好了我老婆的所有毛病。"
"他是怎么做到的？"
"他只是说，我老婆的所有症状都是即将衰老的表现……"

- "你老婆昨晚为什么和你吵架？"
"因为一封信。"
"你忘了寄吗？"
"我忘了销毁。"

- 女儿晚上回到家，父亲对她说：
"今天，你的爱慕者将向你求婚。"
"太好了！但我舍不得离开妈妈。"
"没关系，你可以带着她。"

- 两个朋友在一场车祸中离世。他们中的一个上了天堂，另一个下了地狱。几个月后，他们再次见面。
"朋友，你在地狱过得怎么样？"
"别提了，我已经烦透了。天天都是花天酒地，我再也受不了了！伙计，你在天堂过得好吗？"
"我每天都在工作、工作、工作，没完没了地工作。"
"你们那里怎么那么多工作？"
"你知道的，那儿缺编，没有几个人。"

- 海关总署决定在海关官员中进行一次有关受贿情况的调查。其中的一个问题是：
"你需要接受多长时间的贿赂才能买下宝马？"
波兰和德国边境的海关官员说两三个月。

波兰和捷克边境的海关官员说大约六个月。
来自东部边境的海关官员经过深思熟虑后说两三年。
调查人员很惊讶："需要那么久吗？"
"伙计，宝马可是一家超级跨国公司啊！"

■ 母亲问她的儿子："卡亚，今天在学校怎么样？"
"像在警察局一样，他们一直在问我问题，而我什么都不知道。"

■ 在精神病院，两个等候就诊的人在相互提问。
"你为什么来这儿？"
"我是拿破仑，我的医生让我来这儿。"
"你怎么知道你是拿破仑？"
"上帝告诉我的。"
"胡说八道，我从没告诉过你这样的话。"

■ 一个男士去医院看望重病的岳母，回家后愤怒地对妻子说：
"你妈身体好得像头牛，她很快就会出院，并回来和我们一起住。"
"我不明白，医生昨天告诉我她快不行了。"
"我不知道他跟你说了什么，但他让我做好最坏的打算。"

■ 丈夫对妻子说：
"亲爱的，我不是说你妈的厨艺不好，但我开始明白了，为什么你们家在每顿饭前都要祈祷了。"

■ 一个波兰人应邀去日本参加研讨会并发表演讲。他认为自己是个很好的演讲者，然而听众却对他的幽默没有一点反应。他有点失落地回到座位上。在他之后，一个日本人开始发言，听众听后纷纷鼓掌。波兰人尽管听不懂日语，但出于礼貌也开始鼓掌。坐在他旁边的一位教授提醒他说："你不应该鼓掌。"

063

"为什么？我相信他是一个优秀的演讲者。"
"不，他只是在翻译你的演讲。"

■ 一家大型工厂的经理把秘书叫到办公室。
"杨娜女士，你按我的要求在报纸上登广告招聘保安了吗？"
"是的，经理，我按您的要求做了。"
"那么效果如何呢？"
"我们的仓库昨晚被抢了。"

丹麦

国名全称：丹麦王国
首都：哥本哈根
面积：42,951 平方千米（不包括法罗群岛和格陵兰）
人口：592.8 万（2022 年）
官方语言：丹麦语（在自治领土上还使用法罗语和格陵兰语）
货币：丹麦克朗（DKK）
加入欧盟时间：1973 年

■ 两个男孩乘坐公交车经过一个牛群。
其中一个男孩对另一个说:
"一共有254头牛。"
"拜托,你是怎么这么快数出来的?"
"很简单,只需要数它们的脚,再除以四就行了。"

■ 一对老夫妇一起乘火车。一开始他们面对面坐着,过了一会儿,丈夫突然起身坐在了妻子的旁边。
妻子笑着说:"你坐在我身边,我真的很高兴。"
丈夫说:"这样我就不必看到你了。"

■ "昨天你和妻子争吵是如何收场的?"
"她给我跪下了。"
"真的吗?她说了什么?"
"我看到你在床底下了,立刻爬出来,你这个懦夫!"

■ "爷爷,真的有世界末日吗?"
"也许有的。"
"世界末日会是什么样子?"
"世界将不复存在,没有任何东西,一切都将结束,你明白吗?"
"我明白,爷爷。你觉得一旦世界末日到来,我们学校会放假吗?"

■ 两个瑞典沙文主义者正在一起聊天。
"为什么上帝要从亚当身上取一根肋骨来创造夏娃?"
"我也很想知道。"
"是要一劳永逸地证明,小偷小摸绝对没有好处!"

■ 人们对律师一直都有很多不好的看法,但不管怎样,幸好还有律师存在，否则，就没有人可以把我们从他们给我们制造的问题中拉出来了。

■ 一个泥瓦匠、一个电工和一个律师在为哪个职业最古老而争论不休。

"当然是我们泥瓦匠，因为上帝所做的第一件事就是创造了大地。"泥瓦匠说。

"胡说八道，"电工说，"别忘了在大地形成之前，上帝首先说：'要有光。'"

"不，不，不，"律师说道，"你们还记得有光之前是什么吗？混沌！那你们想想，是谁创造了混沌？"

■ 詹森的叔叔是一名经验丰富的外科医生。有一天，詹森问叔叔，给什么病人做手术最简单。

叔叔想了想，然后说：

"会计的手术比较简单。当我剖开他们的身体时，发现他们的所有器官都是按编号分类的。图书管理员也并不复杂，他们的器官都是按字母顺序排列的。还有电工，一切器官都是以电线的颜色来标注的。"

叔叔经过一番思考后又说：

"当然，最简单的还是律师。因为他们没有大脑、没有性格，头和屁股没有区别。"

■ 来自斯拉格尔斯的卡车司机拉斯穆森喜欢在跑长途时以碾压和撞击路上的律师来取乐。

每当在路上遇到律师时，他都会把卡车转到路边撞上去。

当听到响亮的撞击声后，他就把车转回路上，然后若无其事地继续开车。

有一次，他在路上遇到一位牧师，便摇下车窗问牧师要去哪里。

牧师说他要去附近的一个教堂。拉斯穆森提出要送他去。牧师感激地接受了。

在行驶过程中，拉斯穆森又看到了一个律师，他便像往常一样急速转弯撞向律师。然而，突然间他意识到自己车上还带着一位牧师，于是立即调整了方向，开车绕了过去。虽然确信自己最终绕过了律师，但他还是听到了那个熟悉而响亮的撞击声。他瞥了一眼后视镜，想看看声音是从哪里发出来的，但什么也没看到。

他转身对牧师说：

"神父，我差点撞到一个律师。"

牧师回答说：

"没关系，孩子，我会带他去天堂的。"

■ 一个有钱人去银行申请200欧元贷款。

银行职员问他是否可以提供些东西作为担保。

"当然，"他回答说，"我的新奥迪A8。它就停在银行外面的停车场，这里有钥匙和车辆文件。"

他递过车钥匙和文件，然后拿着钱走了。

半年后，他再次来到银行，连本带利还了钱，并拿回了车辆的钥匙和文件。

当他要离开时，银行职员问他：

"对不起，先生，您能向我解释一下，为什么要借200欧元吗？因为一看就知道您是个有钱人，完全不需要这些钱啊！"

"的确不需要，"他回答说，"但我不得不去南美出趟差，请告诉我哪里可以找到一个比这里更安全的停车位，而且只花10欧元就可以停六个月？"

■ 一个人从银行出来，一分钱也没借到。他回到家，喝了几杯伏特加，然后说了句富有哲理的话："我总算弄明白银行究竟是什么了，它就是一个把钱借给那些可以证明他们实际上并不需要贷款的人的金融机构。"

■ 一个富有的建筑师买了一辆漂亮的新车,并且开车去往他的度假别墅。路上,他看到一个可怜人躺在路边吃草。

建筑师停下车,打开车窗问:

"老乡,您为什么躺在路边吃草?"

"因为我太穷了,"穷人回答说,"我没钱买吃的。"

"来吧,上车,我带您去看个地方。"建筑师说。

"但我有三个孩子、一个姐姐和一个妻子。"

"那就带上他们,上我的车。我带您看看我漂亮的房子。"

他们都上了车,随后出发。这时,这个可怜的人突然觉得有必要感谢这从天而降的盛情和善意。

"谢谢您!我代表我们全家衷心感谢您的帮助,感谢您给我们一个新家和新生活!"

"不,不,不,等等,"建筑师惊讶地说,"您搞错了。我有一栋度假别墅,周围的草几乎有一米高,割草机都没法割,您去那里吃吧……"

■ 护士跑到医生那儿,上气不接下气地说:

"快,快点儿!两分钟前你告诉汉森先生他没有任何问题,但现在他已经死在医院门口了。"

"糟糕,"医生嘟囔道,"我们必须去把他转个方向,使他看起来是在来找我们医院的路上……"

■ 飞机就要坠毁了,机上有五名乘客,但只有四个降落伞。

第一位乘客说:"我是罗纳尔多,世界上最好的足球运动员之一。世界需要我。我不能抛下我的粉丝死去!"说完,他抓起一个降落伞,跳下了飞机。

第二位乘客是希拉里·克林顿,她说:"我曾是第一夫人,一位来自纽约的参议员,我有巨大的机会成为未来的总统。我根本不能死。"说完她抓起一个降落伞,跳了出去。

第三位乘客是乔治·W.布什,他感叹道:"我是美国总统。我的责任巨大,而且我是有史以来最聪明的总统。我不能死。"说完他穿上降落伞,跳了下去。

第四位乘客是教皇,他转向第五位也是最后一位乘客——一个小男孩,说:

"我是一个老人,我一生都在侍奉上帝,我不害怕死亡。你还小,好日子等着你呢,你带着这最后一个降落伞跳下去吧。"

小男孩笑着说:

"先生,您也会活命的,我们两个人还各有一个降落伞。因为世界上最聪明的总统是背着我的包跳下去的。"

■ 一个老太太上了一辆出租车,坐下后就怪声怪气地说:

"你们出租车司机的工作真是太轻松了,坐着就能挣钱。"

"您说得没错,"司机回答说,"不过还有比我们更轻松的,那就是清洁工,因为他们不必和垃圾说话。"

■ 在一个漆黑的夜晚,一个年轻女子路过一片墓地。突然,她听到一个刺耳的声音,吓得出了一身冷汗。就在附近,她看到一个老人正坐在墓地上,用锤子砸着墓碑。

"上帝啊,你吓死我了。我还以为闹鬼呢。可是,你半夜在这里做什么?"

"我很愤怒,很生气,因为我发现那些白痴居然把我的名字拼错了。"

■ 一个男人和一个女人各自开着车迎面相撞。两辆车都被撞毁了,但这对男女竟毫发无损。当他们颤抖着从车里爬出来后,女人说:

"噢,看哪,我们的车都报废了,可我们竟然连一点刮伤都没有。

这一定是上帝的旨意,也是我们将要成为朋友并相伴余生的标志。"她抱住男人亲了一口。

"没错。"男人红着脸说。

"哦,还有一件事,"女人继续说,"我的车已经完全报废了,但我买的这瓶酒竟奇迹般地没有破损。这又是一个信号,我们应该打开它,庆祝这令人难以置信的好运。"

她把瓶子递给男人。男人用小刀打开酒瓶,双手颤抖着把瓶子送到嘴边,一口气喝了半瓶。然后,他把剩下的酒交给女人。她用软木塞塞住酒瓶后把它藏了起来,然后在路边坐下。

男人抬头问道:"你不喝点儿吗?"

女人笑着回答说:

"我会喝的,但在警察到来之前不会。"

■ 一个美国人、一个俄罗斯人和一个丹麦人坐在酒吧里。突然间门开了,耶稣走了进来。美国人说:"来和我们一起坐坐吧,这里有杯威士忌。"

耶稣说:"谢谢你,作为感谢,我把我的手放在你的肩膀上,过一会儿你就会感觉到你的背部疼痛消失了。"

俄罗斯人开口道:"我送你双份威士忌。"

耶稣感谢他说:

"为了感谢你,我会把我的手放在你的肩膀上,过一会儿你就会感觉到你右腿的疼痛在消退。"

丹麦人不甘示弱,邀请耶稣去喝嘉士伯。

耶稣为了答谢他,想把手放在他的肩上。

可丹麦人很快就崩溃地大哭起来:

"别傻了,没用的,他们刚给我计算了残疾抚恤金!"

■ "妈妈,我想要一辆自行车。"淘气的马丁说。

"可是,这样的自行车要花很多钱,你应给耶稣写封信,请求他送你一辆。但你不能撒谎,因为他什么都知道。"妈妈说。

马丁拿出纸和笔,写道:

"亲爱的耶稣,这一年来我一直是个好孩子,我希望有一辆自行车。再见。马丁。"可他马上意识到自己写的不是事实,而圣诞老人一定知道。于是他把信撕掉,重新写了一封:

"亲爱的耶稣,我今年表现得很好,我希望有一辆自行车。再见。马丁。"

可是,他对这封信仍不满意,于是又把它撕掉,并尝试了另一个版本:

"亲爱的耶稣,我希望今年能有好成绩。我可以拥有一辆自行车吗?再见。马丁。"

但即使是这封信也不太真实,所以男孩又把它撕了。

男孩绞尽脑汁,突然想出了一个办法。他穿好衣服,去了教堂,抓起圣母玛利亚的雕像,直接跑回家,把雕像藏在桌子下面,坐在椅子上,写下最后一封信:

"亲爱的耶稣,你的母亲在我手里。如果你想再见到她,就马上给我寄一辆自行车。再见——你知道我是谁。"

■ 两个朋友在聊天:

"你为什么伤心?"

"因为我的妻子明天就要去度假了。"

"正因如此,那才更不必难过啊!"

"我必须表现得很伤心,否则她就不去了。"

■ 有一个人,走遍了丹麦的每个城市,每到一处总能获得免费啤酒。他有一个简单的诀窍,就是事先搞清楚谁是这个城市最不受欢迎的政客,然后在酒馆里公开地对他们破口大骂,这样一来,总有人会为他的啤酒买单。

一天晚上,他去了日德兰半岛的一个小村庄,进了当地一家酒馆。他认为当地人应该是左派，于是大声嚷嚷：

"威利（当地右翼政客）长得跟个牛屁股一样！"

结果，四个大汉站起来，把他扔了出去。

这人不甘心，又回来尝试了一下讨好右翼的做法。

"安德斯（当地左翼政客）长得跟个牛屁股一样！"

结果，四个大汉又站起来，把他扔了出去。

因为以前的诀窍不灵了，所以第二天，他再次来到那家酒馆，小心翼翼地问老板：

"这究竟是个什么样的村子啊，既不能骂左翼也不能骂右翼？"

"你可以骂的，而且非常欢迎你这样做，"老板回答说，"但我们不喜欢有人拿恶心的东西类比我们的奶牛。"

■ 父亲对女儿说：

"等你回家见到你的母亲，把这个信封交给她，告诉她你已经18岁了，因此还可以从我这里得到你最后一笔抚养费。当你说这句话时，看清她脸上的表情。"

女儿回到家，把父亲说的一切都告诉了母亲。

这位母亲说：

"下次你去看望父亲时，告诉他现在你已经18岁了，并且很高兴地告诉他，他其实不是你的亲生父亲。你说这话时，看一下他的表情。"

■ "为什么在日德兰半岛的奥胡斯只有红、黄、绿三种颜色的汽车？"

"为了与红绿灯的颜色保持一致，并且等到自己的颜色亮起来时才能行驶。"

■ 奥胡桑和朋友一起在乡下散步。当走过一群正在吃草的牛时，奥胡桑说：

"难怪现在有那么多酸奶,原来是农夫让他们的奶牛站在太阳底下吃草。"

■ 两名奥胡斯人被哥本哈根的刑警逮捕了。
"老实告诉我们,拉普斯先生,谁是你们的同伙?"警察问。
拉普斯回答说:
"不,绝不!我绝不会告发我的亲兄弟的。"

■ 一个奥胡斯人刚刚得到一份美国宇航局的工作。在他的第一次太空旅行中,他的同伴是一只猴子。按照计划,当进入太空后,猴子首先打开它的手提箱,里面是操作指令和一份说明书,例如哪个按钮是干什么的,如何设置发动机温度等。
奥胡斯人也紧张地打开自己的公文包,里面只有一张纸,上面写着:"别忘了喂猴子。"

■ 一个年轻人匆匆赶到葬礼现场,站在村里最年长的人旁边。
"先生,您高寿啊?"
"刚满96岁。"
"96了,"年轻人喃喃道,"好吧,您也没必要回家了。"

■ 一个黑人和一个白人在讨论有色人种问题。
黑人说:"你看啊,我出生时是黑色的,长大后还是黑色的,我生病时是黑色的,躺在太阳底下时是黑色的,感到寒冷时也是黑色的。但是,你出生时是粉红色的,长大后是白色的,生病时是绿色的,得黄疸时是黄色的,躺在太阳底下时是红色的,当你寒冷时是蓝色的。那么到底谁是真正的有色人种呢?!"

■ "我知道你希望我死,"丈母娘说,"你甚至会在我的坟前跳舞,不是吗?"

"我永远不会那么做的,"女婿回答说,"因为我讨厌排队。"

■ 一个男人在酒馆里吹嘘说:"当我还是个年轻水手时,我曾收到女友的信,说她要离开我,并让我把她给我的照片还给她。这让我很生气,我满腔怒火,决心报复她。于是我去找了从船长到清洁工的所有人,并从他们每个人那里要来了他们妻子的照片。我用橡皮筋把所有照片绑好,然后寄给女友,并附上一句话:'我已经不记得你的长相了,请从包裹里挑出自己的照片,并把剩下的寄回来!'"

德国

国名全称：德意志联邦共和国
首都：柏林
面积：35.8 万平方千米
人口：8430 万（2023 年）
官方语言：德语
货币：欧元（EUR）
加入欧盟时间：1957 年

德国

■ "有史以来最薄的书是什么书？"
"《千年德国幽默》。"

■ 一名罪犯越狱。联邦调查局将罪犯的正面照、背面照和左、右侧面照共四张照片发给了全国所有地区的警察部门进行通缉。第二天，有一个小镇发来电报称：
"照片已收悉。四人在试图逃跑时已全部被击毙。"

■ 两个好友在家里喝酒喝到半夜。主人突然说要给朋友看看他家会说话的时钟。他们来到隔壁房间，看到天花板上挂着一个巨大的煎锅，旁边还有一个同样大小的锤子。主人对朋友说：
"拿锤子在锅上使劲敲！"
朋友照做了，紧接着一个声音从隔壁传来：
"你疯了吗？现在是半夜三点！"

■ 马丁早上醒来，仍感到强烈的醉意。他使尽全力睁开眼睛，看到床头柜上放着一包阿司匹林和一个水杯。他环顾四周，看到衣服被叠得整整齐齐放在椅子上，而且不只是卧室，整个套房都非常整洁。他吞下阿司匹林，看到床头柜上有张便条：
"亲爱的，厨房里的早餐已经准备好了，我去采购了。爱你！"
于是，他来到厨房，看到早餐果然已经准备好了，而且报纸也已放在桌上了。此外，他的儿子已经坐在那里吃早餐了。
马丁问："汤姆，昨晚究竟发生了什么？"
"爸爸，你半夜三点回家，喝得大醉，弄坏了两件家具，还差点把眼睛撞到门把手上。"
马丁很疑惑："那为什么房间里这么整洁，衣服叠好了，早餐放在桌子上？"
"妈妈把你拖进卧室，放在床上。当她想脱掉你的裤子时，你说：'把手拿开，小姐，我可是个幸福的已婚男士。'"

■ 世界杯决赛赛场全场爆满，一票难求，但有一个人旁边的座位却空着。坐在他后面的人不解地问："这里没人坐吗？"

"没有。"

"这怎么可能！这可是有史以来最重要的体育赛事，谁会有票不来呢？"

"嗯，这个位置是我的，我的妻子本来想来，但不幸的是她突然去世了。这是我们结婚以来第一次没有一起来看世界杯决赛。"

"很遗憾听到这些，但难道你没有其他家人或朋友想来吗？"

那人摇摇头："不，他们今天都在参加我妻子的葬礼。"

■ 在一场隆重的家庭聚会上，一位来宾问另一位：

"为什么教授先生一直坐在钢琴凳上？"

另一个人低声说：

"她只是不想让女主人坐在钢琴前……"

■ 一个年轻人自豪地向父亲宣布，他将出演其艺术生涯中的第一个角色："我将扮演一位已婚25年的丈夫。"

"作为起步这还不错，"他父亲说，"也许下一次你能得到一个可以说话的角色！"

■ 一个老太太从银行里提取了自己所有的存款。十分钟后，她又回来把钱全部存回了账户。

银行柜员不解地问："您为什么刚把钱取出来，又要再存进去呢？"

"我有权利数数自己的钱，不是吗？"

■ 一个学徒成功救下了险些溺水的老板。

老板十分感激地说："无论你想要什么，我都会满足你的愿望！"

学徒思考了一会儿说：

"请不要告诉厂里的任何人，是我救了你……"

德国

- 一位男士问一个德国官员：
"你为什么要吃一个烂苹果？"
"在我开始吃的时候，它还是好的。"

- "我对当官的没什么意见，因为他们什么都没做。"

- 只要是官员不理解的，那就禁止。

- "关于公务员的最简短的笑话是什么？"
"公务员去上班……"

- "世界上最稀有的液体是什么？"
"官员的汗水。"

- 干活的人都会犯错，不干活的人就不会犯错，不犯错的人就会得到升迁。

- 一位公务员对医生说：
"拜托，医生，最近我感觉完全透支了！"
"会不会是工作让您太劳累了？"
"不会啊。去年我每周要工作42小时，现在每周只工作37.5小时。"
"您看，这再清楚不过了！"医生说，"就是因为您每周缺少了那四个半小时的睡眠。"

- 一名公务员对上司说：
"我想我的同事需要去度假了。"
"你为什么会这样说？"
"他最近在上班时睡得很不安稳。"

■ 小弗里茨克问爸爸:
"爸爸,上帝在七天内创造了世界,这怎么可能呢?"
"噢,我的儿子,那是因为上帝并没有把这项工作布置给那些官员和工匠。"

■ 汉斯坐在家里吃早餐。他面前放着两个鸡蛋,他又给自己倒了一杯咖啡,心不在焉地看着报纸,一直看了一个多小时。
他妻子问他:
"汉斯,你今天不去办公室吗?"
汉斯突然一愣,喘着气说:"天哪,我以为我已经在办公室了!"

■ 一个乡下人在百货商店里迷了路。
"您这儿卖袜子吗?"他问女销售员。
"我们三楼不卖袜子,"女销售员解释说,"我们也不卖鞋。"

■ 老板对女秘书说:
"请看一下我们这周的日历上都有什么?"
金发碧眼的女秘书说:
"星期一、星期二、星期三、星期四、星期五……"

■ 两个德国人在闲聊。
一个问:"你知道东弗里斯兰人是如何抓老鼠的吗?"
"他们会把老鼠赶到橱柜下面,然后砍掉它们所有的腿。"另一个自豪地回答。

■ "为什么东弗里斯兰人总是随身携带剪刀?"
"为了随时剪断他们的旅程。"

■ "什么是东弗里斯兰人铁人三项运动?"

"读书、数数、扔茶包。"（注：东弗里斯兰人的茶叶消费量位居全球第一）

■ "为什么东弗里斯兰人总是很高兴？"
"因为他们仍然喜欢工作。"

■ "东弗里斯兰人怎么捉苍蝇？"
"把苍蝇赶到干草垛上，然后把梯子撤走。"

■ 一个东弗里斯兰人去巴伐利亚度假。

酒店房间的墙上挂着一面镜子，他对着镜子看了很久，然后取下镜子，把它包起来寄给父母，并附了一封信：

"请看看巴伐利亚人有多好，他们竟把我的照片挂在了酒店的墙上。"

远在东弗里斯兰的父母收到邮包十分欣慰，父亲立即拆开邮包，看了看信，又照了照镜子，然后对妻子说："该死，我们的儿子已经变得这么老了。"

他的母亲靠在他父亲的肩膀上，看着镜子里的自己说：
"这不奇怪，你看他正在和一个如此丑陋的老女人约会！"

■ "联邦议院和剧院之间有什么区别？"
"剧院里的好演员报酬都很少。"

■ CNN（Cable News Network，美国有线电视新闻网）早间新闻特别播报：今天早上七点左右，白宫发生了不明原因的火灾，总统的私人图书馆和里面的两本书全部被烧毁。总统对这一损失十分难过，尤其对他还未写的第二本书感到惋惜。

■ 德国史上的女强人在伦敦拜会女王，并向她请教成功的秘诀。

女王回答说:"很简单,只需要身边都是聪明人就够了。"女强人很想知道怎样判断一个人是否聪明。于是女王立即给首相打了一个电话,问他:

"首相先生,有一个人,他是您父亲的儿子,但他不是您的兄弟。这个人是谁?"

首相不假思索地说:"是我,女王陛下。"

"看到了吗?这就是我测试英国人民智力的方式。"女王自豪地说。

■ 星期六的晚上,神父问牧师晚上给信徒们讲些什么。

"我想给他们讲节俭的美德。"

"好吧,如果是这样的话,那你要把收取功德钱的环节提前!"

■ 亚当问上帝:

"您为什么要把夏娃创造得如此美丽?"

"为了让你喜欢她。"

"那为什么还要给她这么好的性格?"

"为了让你爱上她。"

"可是,您为什么又让她这么傻呢?"

"这样她才会爱你啊!"

■ 一个病人来到医院寻找长寿秘诀。

他问医生:"医生,我怎么才能活到一百岁?"

医生:"您吸烟吗?"

病人:"不吸。"

医生:"您平时吃得多吗?"

病人:"不多。"

医生:"您熬夜吗?"

病人:"不熬。"

医生:"您有情人吗?"

病人:"没有。"
医生:"那您活到 100 岁有意思吗?"

■ 小弗里茨克说:"老师们真的都太好了!他们总是热心地帮助我们解决那些没有他们就不会产生的问题。"

■ 两个学生在交流学习心得。
一个问:"你现在在读什么书?"
"我正在读卡尔·迈的《资本论》。"
"噢,不过这本书的作者不是卡尔·迈,而是卡尔·马克思!"
"哦,怪不得呢!我已经读到第 200 页了,但还是没有出现任何印第安人!"

■ 叔叔问小侄子:"你上学了吗?"
"当然。"小家伙很得意地答道。
"那你每天在学校都做什么?"
"等着放学。"

■ 两个小男孩站在市政厅的大楼前观看一对新人的婚礼。
"嘿,"其中一个说,"我们给他们搞个恶作剧,怎么样?"
"好主意。"另一个回答道。
于是他们跑到新郎身边喊道:
"嗨,爸爸!"

■ 欧宝曼塔小汽车的车主和司机,通常也被称为曼尼。一辆欧宝曼塔小汽车的车主很注重打理自己的爱车,但其智商不高。
这辆欧宝曼塔车跟在一辆卡车后面行进。
卡车在一个红绿灯前停下来。紧随其后的欧宝曼塔车主立即下车,迅速跑到卡车旁,兴奋地打开车门对卡车司机说:

"听着,我是曼尼,这是我的曼塔车。你拉的货都掉在路上了!"

司机看看他,摇摇头,随手关上了车门。

绿灯亮起,他们一前一后继续前行。

在另一个红绿灯处也是如此。曼尼下了车,迅速跑向卡车,并兴奋地打开车门。

"听见了吗?我是曼尼,这是我的曼塔车。你拉的货丢得可不少啊!"

卡车司机看都没看他一眼就关上了车门。

卡车就这样继续往前走,曼尼也执着地跟在后面。

在又一个红绿灯前,卡车司机在反光镜里看到曼尼又向他跑来。他迅速打开车门喊道:"我是汉斯,这是我的卡车,我正在给街道撒沙子,是抗霜冻,为了不让人们滑倒,货物是我故意丢的!"

■ 两个司机老哥在吹牛。

"你知道卡车司机通常怎么拍全家福吗?"

"他会让全家人坐在卡车里,然后在有摄像头的地方以200千米的时速冲过去。"

"他这样做想干吗?"

"他是向家人证明,他是个称职的特技演员。"

■ "为什么那个卡车车库的左墙上总是血淋淋的?"

"因为卡车司机进车库时总是忘记把他的胳膊肘收回车里。"

法国

国名全称：法兰西共和国
首都：巴黎
面积：55万平方千米（不包括海外领土）
人口：6804万（2023年）
官方语言：法语
货币：欧元（EUR）
加入欧盟时间：1957年

◼ 两个同事一起吃午饭。餐后,其中一个人拿出一个梨核放在桌上。当他注意到同事惊讶的表情时,便解释说:

"难道你不知道,常吃梨核能变得更聪明吗?"

"不知道,但我很想试试。"同事回答说。

"好的。我这里一共有八个梨核,每个一欧元,你给我八欧元,就全给你。"

同事付钱后吃了一个,然后突然说:

"你是把我当白痴吗?八欧元可以买一堆梨了!"

"看,"同事回答说,"起作用了吧?智力提高了,更聪明了!"

◼ 一个乞丐对另一个乞丐说:

"昨天我在马戏团乞讨时,魔术师往我的帽子里放了一张五百欧元的钞票!"

"你一定高兴坏了。"

"并非如此。当我伸手拿钱的时候,竟然掏出来一只兔子。"

◼ 妈妈见儿子在哭,便问:

"你怎么了,托托?"

"爸爸开车进车库时蹭墙了。"

"你就因为这个哭吗?"

"不是。我开始在笑,但后来爸爸从车上下来就……"

◼ 一辆劳斯莱斯在雪地上行驶,经过一个转弯处,因为打滑撞上了一棵树。司机下车查看后,沮丧地说:

"该死!一个月的工资没了!"

在他等待拖车时,一辆法拉利经过,在同一个地方也因为打滑撞上了一棵树。司机下车后,看了看说:

"该死!两个月的工资没了!"

就在这时,二人听到一阵隆隆声,接着看到一辆雪铁龙飞快地驶来，因为打滑也撞到了树上。司机下车后叹气道：

"该死！两年的工资都没了！"

前两个人互相看了看，说：

"这个人一定是疯了，为什么要买那么贵的车呢？"

■ 来自巴黎的一名招待员曾经赢得过世界挤柠檬大赛冠军。

有一天，当他挤完一只柠檬后，一位顾客对他说：

"我可以跟你赌五百欧元，我挤柠檬比你厉害！"

"赌就赌！"招待员回答说。

只见那位顾客用拇指和食指捏住招待员挤剩的那只柠檬，在其他顾客的掌声中又挤出了半杯柠檬汁。

"我认输了，"招待员惊奇地说，"您一定是位同行吧？"

"不，我是一名收税员。"

■ 一位女士走进一家宠物店。

"你好，先生。我想买一只鹦鹉。"

"不好意思，女士，鹦鹉已经卖完了。但我们还有一只啄木鸟。"

"它会说话吗？"

"不会，但它懂摩斯密码。"

■ 两位男士在埃菲尔铁塔顶上喝酒，其中一个对另一个说：

"你知道吗，我上周发现，若一个人从这儿跳下去，在离地面大约四十米的地方，风就会把他吹起来，绕着铁塔转一圈，然后落在二楼。"

一旁的酒保一直在听他们说话，且不时咧嘴一笑。

"我不信，"另一个人说，"这不可能！"

第一个人为了证明自己说的话，起身翻过栏杆跳了下去。果然，当他离地面大约四十米时，风把他吹了起来，他绕着铁塔飞了一圈，落在了二楼。第二个人不敢相信，于是他大声说这只是一个巧合。

于是第一个人又跳了下去，依然稳稳地落在了二楼。第二个人忍不住了，也要试试。于是他翻过栏杆跳了出去，下落、下落，四十米、三十米、十五米，然后摔在了地上……

酒保转向第一个人说：

"超人先生，您又喝多了……"

■ 一个人在酒吧上厕所。他刚坐在马桶上，就听到隔壁有人说话：

"嘿！你好吗？"

他有点惊讶，但还是礼貌地回答：

"嗯，还好。你呢？"

"我也很好。你在做什么？"

"嗯，和你一样。"

…………

"喂，很抱歉，我一会儿再打给你。旁边有个混蛋总在插嘴，而且还回答了我问你的所有问题。"

■ 皮埃尔走进一家酒吧。酒保问他喝什么，他回答说：

"百世利茴香酒！皮埃尔喝什么，大家就都喝什么！"

酒保对他的慷慨有点吃惊，但还是给每位顾客都倒了一杯百世利茴香酒。

皮埃尔喝完后，又对酒保说：

"百世利茴香酒！皮尔埃喝什么，大家就都喝什么！"

酒保觉得眼前这位顾客确实很慷慨，于是再次给每位顾客都倒了一杯。

一个小时后，酒保俯身对皮埃尔说：

"先生，您如果准备结账，这里是您的账单。"

皮埃尔回答说："当皮埃尔结账时，大家就都结账！"

■ "什么是单峰驼？"

■ "就是只用一半精力工作的骆驼。"

■ "你想让我给你从后往前讲个笑话吗?"
"那就先开始笑吧!"

■ "你能讲一个最离奇的事吗?"
"哑巴告诉聋子,瞎子在偷窥他。"

■ 一位工程师路过池塘时恰巧遇到一只青蛙。
"请帮帮我!"青蛙喊道。
工程师很惊讶,他弯下腰,把青蛙拿在手里。
"事实上,我是一个美丽的公主,"青蛙说,"最近我甚至被评为银河系最美丽的公主,但我的对手因嫉妒而诅咒了我。现在我像癞蛤蟆一样丑陋。但如果你给我一个吻,我就会变回去,就像以前一样!"
工程师听完没说话,并把青蛙放进口袋,继续走路。
青蛙心想,这一定是个傻瓜,但如果再次向他详细解释一下情况,他或许会理解。
"您知道吗,如果您给我一个吻,我将再次成为最美丽、最漂亮的公主,我将非常、非常感激您。"
工程师没有回应。青蛙开始担心了。
"如果您吻我一下,我将变回美丽的公主,我将欠您一个人情,与您终生相伴!"
工程师仍然无动于衷。
"这家伙怎么没反应?"青蛙想,"我得加把劲儿了。"
"如果您吻了我,您将得到全世界最美丽的女人。我会满足您所有的愿望!"
工程师继续默不作声。最后,青蛙绝望地说:
"您真的不想要一个愿意为您做一切的女人吗?"

"你知道吗?"工程师突然说话了,"女人对我来说一点用都没有,但是,有一只会说话的青蛙却很好玩。"

■ 米歇尔向自己的好朋友倾诉:
"每次我老婆跟我争吵,她都会变成一个历史学家!"
"你是说歇斯底里,对吗?"
"不,她会从头到尾细数我曾经历的一切失败。"

■ 两个比利时人在尼罗河畔散步。突然,他们中的一个人看到水中有只鳄鱼,就向它扔石头。鳄鱼被激怒了,快速地向岸边游来。扔石头的人赶紧爬到树上,但另一个人仍站在原地。扔石头的人大叫:"快跑!鳄鱼会吃掉你的!"
"为什么要吃我?"那人疑惑道,"我又没向它扔石头!"

■ "什么叫悲观主义者?"
"就是一个人在过一条单行道之前,会左右反复看三次。"

■ 三个闺蜜在一次长途旅行后都得了感染性腹泻。当她们再次见面时,第一个女人说:"我丈夫是医生,他给我开了些药,我感觉好多了。"
第二个女人说:"我丈夫是个药剂师,他也给我开了些药,谢天谢地,我终于好了。"
第三个女人说:"我丈夫是个心理学家,他给我做了一次心理疏导。我现在虽然还在腹泻,但我已经无所谓了。"

■ "当一个公务员在办公楼的走廊里遇到另一个同事时,他会说什么?"
"你也患有失眠症吗?"

■ "如果一辆汽车突然动不了了,程序员会怎么修理它?"
"先把车子关掉,再关车窗,之后重新启动。"

■ 简对朋友说:"我儿时最讨厌参加婚礼。因为在婚礼上那些奶奶、阿婆和姑姑、阿姨们都会走到我身边,开心地对我说'下一个就是你了'。后来,当我在一次葬礼上对她们说了同样的话以后,她们才停止说那个愚蠢的玩笑话了。"

■ 一群士兵、宪兵和警察一起参加集训。由于训练太无聊,他们决定搞一场比赛,看谁能抓到一只最大的兔子。比赛开始一个半小时后,士兵们带着一只五磅重的兔子回来了。三个小时后,宪兵们也带着一只四磅重的兔子回来了。但警察过了很久还没有回来,大家就去找他们。经过一阵搜索后,大家发现警察们正围着一只被打死的猪,一边踢一边喊:
"反正我们都知道,你就承认你是一只兔子吧!"

■ 一个男人喝得酩酊大醉,跟跟跄跄地来到停车场,一辆接一辆地摸车的顶部。
有个也过来取车的人问他:"您在做什么,先生?"
"我在找我的车。"
"那您为什么要摸车顶?"
"我的车顶上有一个警笛。"

■ 一个德国人、一个英国人和一个比利时人坐在一家咖啡馆里聊天。
"我老婆从 0 到 100 只需 7 秒。我给她买的是一辆保时捷。"德国人说。
"我老婆只需 5 秒。我给她买的是一辆法拉利。"英国人说。
"我老婆只需 2 秒。"比利时人说。
"这怎么可能呢?你给她买了什么?"

"电子秤。"

■ "猎人和啤酒有什么区别？"
"啤酒没有酒精也能存在。"

■ 一位拉比（"拉比"是犹太人中的一个特别阶层，是老师也是智者的象征）和一位牧师坐在公园的长椅上闲聊。牧师正在享用美味的奶酪和火腿三明治。
"你不想尝尝吗？"牧师问。
"你知道我不能吃这个。"
"你失去了很多，你不知道吗？"牧师开玩笑地说。
之后二人沉默了一会儿，告别时拉比说：
"如果你明天晚上有空，带着你的妻子来我家吃饭吧。"
"我妻子？你知道我已经发过独身主义的誓言！"
"噢，原来你也不知道你失去了什么！"

■ 多多从学校回来，手里的成绩单科科都是不及格。
"你打算怎么解释？"妈妈问道。
"嗯，我不太确定，这究竟是遗传问题还是家庭环境问题。"

■ 一天晚上，一个老奶奶梦见了上帝并问他：
"我还能活几年？"
"我可以再给你 35 年阳寿。"上帝回答说。
于是，老奶奶做了多项整形手术。一年后，她焕然一新，像个年轻人一样。当一切准备妥当后，她决定去城里的夜店寻找乐子。可是她刚离开家不远，就在第一个十字路口被一辆卡车撞死了。当她见到上帝时便问道：
"怎么回事？您不是告诉我，我还能活 35 年吗？"
上帝回答说："噢，我刚才没认出是您！"

◨ 一位男士好奇地问一个海盗：

"你的腿是怎么断的？"

"被鲨鱼咬的。"

"那你的钩子是怎么回事？"

"在一次战斗中，我的胳膊被一个家伙砍掉了。"

"那你又是怎么失去一只眼睛的？"

"都怪那只愚蠢的海鸥。"

"什么？海鸥啄瞎了你的眼睛？"

"不是，它的粪便掉到我的眼睛里了，而当时我还不太习惯这个钩子。"

◨ 一个非洲政要到法国度假，顺便拜访他的市长朋友。当他看到市长的别墅装修得特别豪华时，禁不住问主人：

"朋友，请告诉我，您是如何通过从政来积累巨额财富的？"

主人指着窗外回答说：

"您看到那条高速公路了吗？它的造价是1000万欧元，其中15%进了我的口袋。"

客人笑了，举起酒杯说："为政治干杯！"

几年后，那位已经是国会议员的法国政要前往非洲回访他的朋友。当司机把他送到一座大理石城堡时，他简直不敢相信自己的眼睛。因此，午餐时他问道：

"现在请您告诉我，您是如何积累如此巨额财富的？"

主人也指着窗外回答道：

"很简单。您看到那边的高速公路了吗？"

"没有啊。"

"这就是答案。"

◨ "什么叫勇气？"

"有一次我凌晨才回家，在门口看到我老婆，她的手里拿着一把扫帚。我问她:'你在打扫卫生,还是要飞去什么地方?'"

- "我想买这幅画。"一位男士对画家说。
"您的选择真是太棒了,先生。我为这幅画付出了十年的时间。"
"您画这幅画用了十年?"
"不,画了两天,剩下的时间都在等着卖掉它。"

- "我是唯一一个每天在办公室工作八个小时的人。我是谁?"
"咖啡机。"

- 在海洋深处,一群鱼在海草、岩石和珊瑚间以"之"字形穿梭着。它们争先恐后地比赛,看谁的速度最快。突然,其中一条鱼发现附近有一只海星,于是大叫:
"伙伴们,当心!立即减速!有警察!"

芬兰

国名全称：芬兰共和国
首都：赫尔辛基
面积：338,000 平方千米
人口：555.6 万（2022 年）
官方语言：芬兰语、瑞典语
货币：欧元（EUR）
加入欧盟时间：1995 年

■ 在一次越野滑雪比赛中，尤卡在倒数第二名到达终点一小时后才抵达。

组织者问他："你真的喜欢滑雪吗？"

"当然，"尤卡回答说，"否则我不会在赛道上待这么长时间。"

■ 在芬兰军队的伪装手册里这样写道：在树林中行军，头盔上要插几根树枝；在玉米地里行军，头盔上要插几根玉米叶；如果在卷心菜的菜地里行军，一定要脱下头盔，因为脑袋是最好的伪装。

■ 一个芬兰专家向他的瑞典同行吹嘘说：

"芬兰人将最先登陆太阳。"

瑞典人感到很诧异："太阳的温度可是高达数百万摄氏度啊！"

芬兰科学家思考了一会儿说："我们将在夜间登陆。"

■ "你是怎么进入新年的？"

"像往年一样，伴随着巨大的压力。"

"为什么？"

"因为去年的衣服都小了。"

■ "我有一件新皮衣，可以穿着它在雨里走吗？"

"什么皮？"

"狐狸皮。"

"不是人造的吗？"

"不是。"

"这样的话，是可以的。"

"你确定吗？"

"确定，因为我从没见过打着雨伞的狐狸。"

■ "内向的芬兰人和外向的芬兰人有什么区别？"

芬兰

"在交谈时,内向的芬兰人喜欢看自己的鞋尖,而外向的芬兰人喜欢看对方的鞋尖。"

■ 萨克和维勒在荒郊野外的小木屋里连续喝了三天,把屋里所有的酒都喝了个精光,但还不尽兴。
萨克让维勒去工具房看看还有没有喝的。过了一会儿,维勒带着一瓶工业酒精回来,说:
"如果我们喝了这个,可能眼睛会瞎掉。"
萨克认真地环顾了一下四周,又看了看窗外说:
"我想我们够本了,该看的都已经看到了。"

■ 问:"芬兰的婚礼和葬礼有什么区别?"
答:"葬礼比婚礼少一个醉鬼!"

■ 一个芬兰飞行员联系斯德哥尔摩机场塔台要求降落。
塔台控制员要求飞行员给出他的位置,但飞行员没有回应。
塔台再次强烈要求飞行员报告位置,但飞行员仍然保持沉默。
"请立即报告你的位置,否则将不允许你降落!"
过了一会儿,飞行员终于听懂了塔台的问题,说道:
"该死!还能在哪儿?当然是在飞机的驾驶舱里!"

■ "让一艘瑞典船只沉没的最简单方法是什么?"
"让它下水。"

■ 一架双座飞机坠毁在芬兰中部的一座公墓中。
夜里,负责应急救援的指挥官向总部报告说:
"这里发生了一场十分惨烈的空难,目前已经找到大约300具遗体,但清理工作还未完成……"

■ 一个报导花边新闻的小报记者问一位女明星为什么迄今未婚。

女明星回答说:"我已经有了一只鼾声如雷的狗、一只会说脏话的鹦鹉、一个会冒烟的壁炉和一只经常夜不归宿的猫。那么,我还要一个男人做什么呢?"

■ 一个瑞典人和一个芬兰人一起去看电影。芬兰人说主角一定会死,并愿意赌一百瑞典克朗。结局果真如此。

"你是怎么知道的?"瑞典人问。

"不逗你玩儿了,"芬兰人说,"我以前看过这部电影。还你一百克朗。"

瑞典人摆了摆手说:

"我昨天也看过这部电影,但我以为那个混蛋今天不会再开枪自杀了。"

■ 谢博翻开电话簿,边看边读:"约基宁……约基宁……约基宁……奇怪,怎么一个人有这么多部手机,真是太不可思议了……"

■ 一对年轻夫妇来到瑞典商店的旋转门口,看到上面写着:一次最多转四圈。女的说:"足够了,转多了会头晕。"

■ 有一天,拉尔斯问奥勒:

"你打牌带着你老婆,钓鱼带着你老婆,打保龄球还带着你老婆。你能解释一下原因吗?"

"因为我实在不想和她吵架。"

■ 这年冬天,马蒂和朱卡一起去钓鱼。他们来到一处冰面,拿出电钻在冰上打洞。这时,远处传来一个声音:"嘿,这儿没有鱼。"

他们站起来往前走了 50 米,又开始在冰上钻洞。

"别钻了!这儿不可能钓到鱼。"

他们又往前走了20米,准备钻洞。这时那个声音再次响起:

"不是告诉你们了吗?这儿没有鱼!"马蒂看看朱卡,又抬眼看看天空。

"是你吗,上帝?"

"该死!我忘了我自己是这个溜冰场的经理。"

■ 奥勒死了。他的妻子莉娜去殡仪馆办理后事。殡仪馆的工作人员问她想在讣告上写些什么。

莉娜说:"就写:奥勒死了。"

"就这几个字?你可以多写些你丈夫的信息。看,前十个字是免费的。"

莉娜想了一会儿说:

"好吧。就写:奥勒死了,他的船待售。"

■ 一个人在芬兰待久了会自觉接受以下规范:

1. 沉默即是玩笑。
2. 每天至少喝八杯咖啡。
3. 当你路过一个杂货店,你会想:哇,门开着!
4. 不要在演讲结束后问:"还有人有问题吗?"
5. 拥抱被视作性前戏。
6. 慢跑服被认为是正式服装,白袜子是晚礼服的一部分。
7. 酒精也是食物。
8. 如果有人对你微笑,他不是喝醉了,就是疯了,或者是个美国人。
9. 学习烹制咸鱼的105种方法。
10. 至少买62卷卫生纸。

■ 一个芬兰失业人员去找工作。

"我已婚,有十个孩子。"

099

"那你还会做什么？"

■ 一位美女在向闺蜜抱怨："如果你要求加薪，老板会告诉你，任何人都可以替代你的工作。但如果你要求休息一天，老板又会告诉你，没有人可以替代你的工作。"

■ 在一个芬兰小镇只发行两份报纸。
一天，当地一位政客闯进其中一家报社的编辑部大发雷霆并质问总编：
"是你们写我接受贿赂吗？"
总编回答说："您搞错了，不是我们写的，我们只报道新闻。"

■ 一位牧师和一位律师一同来到天堂。圣彼得在天堂门口看到律师，立即热情地迎了上去。
牧师看了很不高兴，并责怪圣彼得：
"圣人，难道牧师对您来说无足轻重吗？"
"别介意，天堂有很多牧师，但律师他还是头一个。"

■ 历史课上，老师提问：
"孩子们，你们知道1867年发生什么大事了吗？
卡勒："曼纳海姆元帅出生。"
老师："非常好，卡勒！那你知道1870年发生了什么吗？"
卡勒："曼纳海姆元帅庆祝了他的三岁生日。"

■ 内敏躺在重症监护室的病床上奄奄一息。
"护士小姐，你行行好，借我一本书吧，这样我就能忘记痛苦了。"
"您也只能读完一本超短的回忆录了。"

■ 维勒从威尼斯度假回来后对朋友说：

"塞波，你能想象意大利人的神经有多坚硬吗？街上的水都淹到窗户了，他们还一边唱歌一边悠闲地划船。"

■ 维勒从以色列度假回来。在赫尔辛基机场，海关在检查他的手提箱时看到里面有一个大罐子。

"罐子里装的是什么？"

"来自圣地的水。"

海关官员闻了闻说：

"这是酒！"

维勒将目光投向天空：

"哦，我亲爱的上帝，您又显灵了！"

■ 一个议员深夜"开完会"，肚子里装着几瓶伏特加，在街上东倒西歪地走着。突然一辆救护车驶来，把他撞晕了过去。当他在担架上慢慢醒过来后，他喃喃自语道：

"太不可思议了！我们今天早上才投票决定，救护车必须在20分钟内抵达事故现场。没想到，这辆车只用20秒就到了。"

■ 一个美国人、一个法国人和一个芬兰人在非洲的野生动物园参观。当一头大象出现在他们面前时，他们的内心都在想什么？

美国人："这对象牙能卖多少钱？"

法国人："如果这大家伙拿鼻子卷我怎么办？"

芬兰人："这头大象对我有什么看法？"

■ 一个澳大利亚人、一个芬兰人和一个瑞典人一起在建筑工地打工。每天中午，他们都坐在位于十层楼高的脚手架上吃午饭。

这天，澳大利亚人打开饭盒说：

"该死的，又是馅饼！每天都吃馅饼。如果明天还是馅饼，我就跳下去。"

瑞典人也打开他的饭盒说:

"又是肉丸子!每天都是肉丸子!如果明天还是肉丸子,我也跳下去。"

芬兰人最后打开饭盒,也气愤地说:

"哦,不,为什么我总是要吃这些该死的香肠?如果明天中午还是香肠,我肯定跳下去。"

第二天,澳大利亚人打开饭盒,看到果真是馅饼,就毫不犹豫地跳了下去,当场死亡。

瑞典人打开饭盒,发现里面仍然是肉丸子,于是他骂骂咧咧,一跃而下。

芬兰人最后一个打开盒子,他看了看里面的香肠,也追随那两个朋友去了。

在三个人的葬礼上,澳大利亚人的妻子哭着说:

"我不明白!他一直非常喜欢吃馅饼。如果他不喜欢,可以告诉我呀!"

瑞典人的妻子也哭着说:

"我以为我丈夫很喜欢吃肉丸。他为什么要这样做?"

芬兰人的妻子沉默了一会儿,然后摇了摇头说:

"我更不明白了。我丈夫的午餐都是他自己准备的啊!"

■ 马蒂遭遇了交通事故。在法庭审理此案时,肇事司机的律师质问马蒂:

"你在事故发生后明确表示,你感觉很好,什么事都没有,为什么现在却要求我们赔偿?"

马蒂辩解道:

"是这样的,法官大人。那天,我骑着我的驴——尤西在路上走,突然一辆巨大的卡车冲过来,把我和尤西一下子撞飞了,我掉到了一条沟的左边,尤西掉到了沟的右边。我受了重伤,不能动弹。

我听见我可怜的尤西在路的另一边哀号。过了一会儿,我听到警察来了,他走到尤西身边,检查了它的伤势后,便在它的两眼之间开了一枪。然后警察手里提着枪走到我这儿,问我感觉怎么样。那么,如果是您,您能说什么?"

■ 一天,奥勒和斯文租了一条船去湖中心钓鱼。他们的运气不错,鱼一条接一条地上钩。

当他们满载而归时,斯文说:

"我从小到大从未有过这么好的运气。可惜我们没法在这个地方做个标记,以便下次再来。"

奥勒说:"我有办法。我的书包里正好有粉笔,我们就在船这个位置画个十字,下次不就能找到了嘛!"

"想得美!你能保证下次我们还能租到同一条船吗?"

■ 奥勒身体不舒服。医生给他做过检查后说:

"很遗憾地告诉你,你得了一种非常罕见的不治之症,你最多还能活六个月。"

"医生,难道真的没办法延长我的生命了吗?"奥勒问道。

"建议您搬到您丈母娘家去住。"

"那就能延长我的生命?"

"并不能,但那样会让你感觉度日如年。"

■ 马蒂和朱卡第一次坐火车。为了避免路上饿,他们带了香蕉。火车大约行驶了一个小时后,他们每人拿出一根香蕉开始吃。

这时,火车进了隧道。朱卡紧张地问:

"你吃香蕉了吗?"

"还没有。"马蒂说。

"那千万不要吃了,快把它扔掉。我只咬了一口,就什么都看不见了……"

103

班主任老师问他的学生:"伊日切克,你写的字为什么这么小?"

"这样您就不会发现我写错了!"学生回答道。

荷兰

国名全称：荷兰王国
首都：阿姆斯特丹
面积：41,528 平方千米
人口：1784 万（2023 年）
官方语言：荷兰语
货币：欧元（EUR）
加入欧盟时间：1957 年

■ 士兵们正在军营操练，中士发现忘了带记事本，便大声喊道：

"弗利普斯下士，立刻像风一样跑到我的房间，看看我的记事本是不是在桌子上！"

弗利普斯跑了出去，几分钟后跑回来，气喘吁吁地说：

"没错，中士，您的记事本就在桌子上。"

■ 一对男女路过商店橱窗。

女人："嘿，快看那条裙子，多漂亮！"

男人："你喜欢它吗？"

女人："我爱死它了！"

男人："好吧，那我们明天再来看看。"

■ 一位绅士来到理发店，理发师问他想剪什么样的发型。

他说："左边露出耳朵，右边遮住耳朵，左后方剪齐，右后方修成弧形，左上方短些，右上方长些。"

理发师说："这不可能，没法这么剪！"

"怎么会呢？您上次就是这么给我剪的！"

■ 请看一个经验丰富的老司机分享的体会，请不要对警察说：

1. 我找不到驾照了，你能帮我拿一下啤酒吗？
2. 你必须以每小时至少306千米的速度才能拦停我。
3. 对不起，我忘了开"电子狗"。
4. 你不想检查我的后备箱，对吧？
5. 我给你一个月工资！
6. 别这么小题大做，以前警察只是给我一个警告。

■ 一系列有趣和值得探讨的问题：

绵羊睡不着时会像人一样数数吗？

在咖啡加工厂工作的员工也有"茶歇"时间吗？

黑暗的速度是多少？

如果一个精神分裂症患者威胁要自杀，这算劫持人质吗？

一个满的硬盘会比一个空的硬盘重吗？

如果葵花籽油来自葵花籽，橄榄油来自橄榄，那么婴儿油是来自什么？

如果说游泳对手和脚的发育有好处，那鱼为什么没有手和脚？

加油站禁止吸烟，为什么还要在那里卖香烟？

如果煎锅的特氟龙涂层是不粘的，这个涂层是如何粘在锅上的？

如果鱼刚吃完东西就游泳，会不会和人一样抽筋？

一个全年24小时营业的商店，门上为什么需要锁？

如果飞机上的黑匣子是由不可破坏材料制成的，为什么整个飞机不用同样的材料？

■ 一个农民对另一个农民吹嘘说：

"如果我开着拖拉机在属于我的田地里转一圈，需要两天。"

另一位农民笑着说："是的，我也有一台这样的拖拉机。"

■ 安妮过生日时得到一只兔子，她经常在花园里陪它玩。一天，邻居看到后对她说：

"好可爱的小兔子！它晚上在哪儿睡觉？"

"在爸爸妈妈的房间。"

"可是，不臭吗？"

"有点臭，但我想它会习惯的。"

■ 一个星期六的晚上，一群人坐在咖啡馆里闲聊。这时，一个健美运动员走了进来问道：

"谁叫詹森？"

一个人站起来说："是我！"

健美运动员二话没说,上去就把那人揍了一顿,然后扬长而去。
酒保对那个叫詹森的人说:"你被他逮了个正着。"
"不,"那人笑了,"其实他被我耍了,我的名字根本不叫詹森。"

■ 一个比利时人头上绑着绷带回到家。妻子问他发生了什么。
他说:"我去荷兰参观那里的磨坊,我问磨坊主一个风车有几个叶片,他说四个。于是,我站在风车房的窗户旁,看着风车的叶片一片、两片、三片、四片缓缓转过,然后把头伸出窗外,谁料紧接着又来了第五个叶片……"

■ 随着欧洲一体化的深入推进,英国也计划实行机动车靠右侧驾驶。但为了防止这项政策对英国保守派造成大的冲击,英国政府决定逐步引入这一规则:首先,从大货车开始试点。

■ 医生残忍地对病人说:"您得了绝症。"
病人:"真的没办法治了吗?"
医生:"您可以去尝试一下泥浆浴。"
病人:"这可以把我的病治好吗?"
医生:"那不一定,但你可以逐步习惯泥土。"

■ 一个戴着面具的劫匪冲进银行,但不巧的是,他的面具突然掉到了地上。他迅速捡起面具并重新戴上,然后问第一个人:
"你刚才看到我的脸了吗?"
"看见了。"
劫匪对着他的脑门开了一枪。
劫匪接着问第二个人同样的问题。
"我没有,"那人回答说,"但我老婆看到了。"

■ 两个男孩在吹嘘他们的父亲。

一个说:"我爸爸是工程师。你知道喜马拉雅山吗?嗯,那是他造的。"

另一个说:"我爸爸是跆拳道运动员。你知道死海吗?那是他徒手打死的。"

■ 一个年轻女子到教堂找神父忏悔。

"牧师,我在家里照镜子时会忍不住欣赏自己,我觉得自己特别有吸引力。"

"那不是什么罪过,"牧师说,"那只是个错误。"

■ 一名修理工正在一座天主教堂的房梁上修空调。这时,他看到一位女士虔诚地跪在祭坛前祈祷。因为他是一个坚定的无神论者,所以他决定搞个恶作剧。他装模作样地冲着下面说:

"正在对你说话的是耶稣基督,你所有的祈祷都将得到回应。"

然而,那位女士一点反应都没有。于是他又大声说:

"这里是耶稣,上帝之子,你所有的祈祷都将得到回应!"

但是,下面的女士仍然没有回应。修理工深吸了一口气,再次用非常大的声音说:

"耶稣在此,我是上帝之子……"

这时,那位女士突然抬起头,生气地喊道:

"你能不能闭嘴?我正在和你的母亲玛利亚说话。"

■ 一个足球运动员在比赛时踢飞了一个球,他生气地咒骂道:"该死,又打歪了!"

观众席上坐着一位牧师,他听到后说:

"如果你再这样咒骂,小心上帝用闪电劈你!"

谁曾想,那个足球运动员再次失误,又骂道:"该死,又打歪了!"

紧接着,一道闪电击中了牧师。

这时,天空中传来一个声音:

"该死，又打歪了！"

- 一个士兵星期五早上来找长官请假：
"我要当爸爸了。"他骄傲地说。长官通情达理地准了他两天假。
周一，长官见到他后问：
"小家伙叫什么名字？"
"还不知道，不过九个月后我会第一个告诉您！"

- 一对夫妇刚过完12.5年的结婚纪念日。男人一早醒来对妻子说：
"快收拾东西，我们要去格陵兰。"
"哇，太棒了！那等我们结婚25年时，我们要做什么呢？"
"我会去格陵兰接你回来。"

- 圣彼得今天休息。耶稣临时代管了天堂入口的接待工作。不久，一个头顶光环的人腾云而来。
耶稣问："你是什么人？"
"我是一个无名的老木匠，不过我的儿子非常有名，关于他的书已经写了几百万本。全世界的人都读过，而且还拍成了一部电影。"
耶稣觉得眼前这个人应该是他的父亲，于是高兴地说：
"父亲，我们终于见面了。"
那个人揉了揉眼睛说：
"匹诺曹？"

- 几个男人正在高尔夫俱乐部的更衣室里换衣服。这时一部手机响了，其中一人接通电话，开着免提说："你好……"
"亲爱的，是我。你在高尔夫俱乐部吗？"
"是的。"
"我在外面购物，看到一件非常漂亮的皮夹克，只要100欧元。我可以买它吗？"

"当然，只要你喜欢，就买吧。"

"我刚还去了奔驰车行，那里有一款最新车型，漂亮极了！"

"多少钱？"

"9万欧元。"

"可以买，要顶配。"

"太好了！哦，还有一件事。你还记得去年我非常想买的那栋房子吗？现在又重新上市了，只要95万欧元。"

"那就砍砍价，给他90万。"

"好的。我太爱你了！晚上见。"

"再见，我也爱你。"

男人放下手机，在周围人惊讶的目光中问：

"有人知道这是谁的手机吗？"

■ 老师问一名学生：

"月亮和日本哪个更近？"

"月亮。"

"为什么？"

"因为我们能看到月亮，但看不到日本。"

■ 一个女人早上醒来，发现她的丈夫已经起床了。她起身下楼，看到他坐在厨房，盯着墙，眼里含着泪水。女人问他怎么了，他说：

"你还记得我们第一次亲热时，你爸是怎么在车里抓到我们的吗？"

"当然。"

"你知道吗？他用猎枪顶着我的嘴说，要么和你结婚，要么进监狱待二十年！"

"是的，我当然记得。"女人在为他的浪漫回忆而感动。

"嗯，"男人说，"如果当初没有和你结婚，今天正是我出狱的日子。"

■ 在一个寒冷的夜晚，流浪汉无处可去，只好敲开教堂的大门，祈求牧师能让他进去过夜。牧师问他是不是教会成员，流浪汉老实地说不是，于是他被拒绝入内。

当天晚上，流浪汉被冻死，当他到达天堂时，他见到了上帝。
"真是奇怪。教堂不让我进，但我却直接见到了上帝本人。"
上帝问："先生，你说的是哪座教堂？"
流浪汉解释了是哪座教堂。
上帝说："噢，那里我倒真有好几年没去了。"

■ 男人问他老婆：
"什么是转世？"
"听好了，转世就是等你死后，你会重生为别的东西。"
"那我想转世为猪。"
"你没听懂我的话吗？我说转世为别的东西！"

■ 帕迪开车到阿姆斯特丹市中心，急切地寻找停车位。眼看约会就要迟到了，他抬头对着天空说："主啊，可怜可怜我吧。如果你为我找到一个停车位，我将在余生中的每个星期天都去教堂，并且不再碰一滴威士忌！"

话音刚落，奇迹出现了，一个空的停车位突然出现了。

帕迪再次抬头说："算了吧，上帝，不用了，我已经找到一个车位了！"

■ 上帝从天上往下看，看到一个拉比在安息日打高尔夫球。拉比不停地四处张望，生怕被人看到。上帝对彼得说：
"你去惩罚一下这个拉比！"
"好的。"彼得说。
第二个安息日，拉比又一个人去了高尔夫球场。当他把球放下，挥出球杆后，令人难以置信的事情发生了——一杆进洞！

"彼得，"上帝说，"你不应该惩罚他吗？"

"我就是在惩罚他，"彼得说，"他虽一杆进洞，却不能告诉任何人。"

■ 约翰最近一直无法入睡，因为他老觉得有小偷躲在他的床下面。无奈，他不得不去看心理医生。医生告诉他："如果您在未来两年内三次来就诊，我可以彻底治愈您的恐惧症。"约翰听后先是喜悦，认为心理医生有办法治好他的病，但对要花掉200欧元治疗费有些舍不得，所以就对医生说："我再睡一天看看。"半年后，心理医生偶然遇到他，便问："您怎么再也没来咨询过您的恐惧症？"约翰回答说："200欧元的治疗费对我来说着实多了点。而我最喜欢的那家酒吧的酒保仅用一瓶啤酒的钱就治好了我的病。"心理医生好奇地问："酒保是用什么方法治的？""很简单，他就告诉我，让我把床的所有腿都砍掉就行了。"

捷克

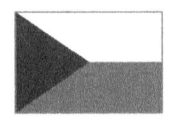

国名全称：捷克共和国
首都：布拉格
面积：7.89万平方千米
人口：1053万（2022年）
官方语言：捷克语
货币：捷克克朗（CZK）
加入欧盟时间：2004年

■ 一个足智多谋的穷人,想到一个挣钱的好办法,他要当一个治疗师。他租了一间诊所,并在门上贴了一张海报:

"我是一个神奇的治疗师。你只需出一万克朗,我保证能治好你的任何一种疾病。如果治不好,我倒贴给你两万克朗。"

一天,一名医生路过诊所,看到海报,心想自己可以凭借真本领轻松挣到两万克朗。他走进诊所,说他失去了味觉。治疗师想了想,然后对助手说:

"莫妮卡,请在病人的舌头上滴一滴14号药剂。"

助理照办了,但医生立即跳了起来,一边吐口水一边喊道:

"呸,这是汽油!"

治疗师笑着说:

"恭喜你,你的味觉已经恢复了。请付一万克朗。"

愤怒的医生付了钱,发誓一定要把钱再挣回来。两天后,他又来到诊所,说他失忆了。治疗师想了想,然后对助理说:

"莫妮卡,请把14号药剂拿过来。"

医生喊道:"那是汽油!"

治疗师又笑着说:

"恭喜你,你的记忆刚刚恢复了,请付一万克朗。"

医生无可奈何地付钱走人。但过了三天,他拄着拐杖又来了:

"我是一个瞎子。"

"对不起,我现在没有能给你治病的药。"

"好,那你要给我两万克朗。"医生说。

"没问题。"治疗师边说边给了他一万克朗。

"还差一万克朗。"医生不满地说。

"恭喜你,你的视力刚刚也恢复了。请付一万克朗。"

■ 一名警察跑到池塘边喊道:

"嘿,这里严禁在池塘游泳。您准备好钱等着罚款吧!"

在离岸边几十米的地方,一个人把头露出水面说:"我不是在游泳，我快淹死了。"

"噢，那没事了，这个不禁止的。"警察说着走开了。

■ 历史课上，多斯塔尔举手问老师：

"石器时代真的没有纸吗？"

"当然没有。我告诉过你们，当时的人们把字刻在石头上。"

"是的，您告诉过我们。"

"那你还想知道什么？"

"我想知道，他们是否也用石头代替了厕纸。"

■ 一名大巴司机正开车沿着高速公路行驶。突然，广播里响起紧急播报：

"所有司机请注意，下面是紧急播报：在 D1 高速公路上有一个疯子，正开车逆向行驶！"

大巴司机纠正道：

"什么一个疯子，所有人都在逆行！"

■ 一个精神病患者逃离了精神病院，来到一家奶吧，想点一份奶油卷和一杯热可可。

"没有奶油卷。"服务员说。

"那就来一份奶油卷和一杯牛奶。"

"我已经说过没有奶油卷啦。"服务员说。

"好吧，没有就没有吧。那就来一份奶油卷和一杯茶。"

服务员很生气，但突然想到在她面前的可能是什么人。于是她给精神病院院长打了个电话，叫他亲自来领人。

"他干了什么？"精神病院院长气喘吁吁地跑来。

服务员向他详细解释了一切。院长十分生气，大叫道：

"真是饭桶！你就应该把奶油卷全部砸在他的头上！"

■ 一只蚂蚁来到池塘边，看见一头大象正在洗澡。
"大象，快爬上来！"蚂蚁叫道。
"去你的。"大象回答道。
"大象，我现在在很礼貌地劝你，请你听我的，快上来！"
"一边儿去！"大象不理它。
"别逼我！快上来！"
"我才不上去呢！"
"大象，最后一次警告你，快爬上来！"
"我不。"
"好吧，大象，你犯了一个严重的错误，你该打。"
大象哭笑不得，爬上来说："蚂蚁，你究竟想干吗？"
"现在什么也不干了，"蚂蚁失望地说，"我只是想看看你有没有穿我的泳衣。"

■ 一只母鸡告诉它的朋友：
"你能想象吗？我昨天发烧，生出的鸡蛋都熟了。"

■ 一只野兔来到甜品店，问道：
"你们这儿有冰激凌吗？"
"有的，野兔。"甜品店老板回答道。
"都有什么口味的？"
"覆盆子、草莓、菠萝，等等。"
"有胡萝卜味的吗？"
"很遗憾，这个没有，野兔。"
野兔失望地走了。
第二天野兔又来了，再一次问了同样的问题。
老板心想："顾客就是我们的上帝。"于是，他决定制作一款胡萝卜味的冰激凌。
第三天，野兔果然来了。

"你们有冰激凌吗？"

"有。"

"有胡萝卜味的吗？"

"有的，野兔。"

野兔嗤之以鼻地说：

"哼，那一定很难吃！"

■ 一个小女孩坐在厨房看妈妈洗碗。

她突然注意到妈妈的头上有几根白发。小女孩问：

"妈妈，你的头上怎么会有白发？"

妈妈回答说：

"你惹我生一次气，我就会多一根白发。"

小女孩想了一会儿说：

"噢，我终于知道姥姥的头发为什么都是白的了。"

■ 医生："待在门口，诺瓦克先生，我一眼就能看出，您得了糖尿病。"

诺瓦克先生："哎呀！您真是个天才！医生，您能告诉我，您是怎么看出来的吗？"

医生："很简单，有一只蜜蜂在您身边飞来飞去。"

■ 一位老爷爷去医院做定期检查。医生问他是否有问题，他说自己没有，但他的老伴儿几乎全聋了。

医生说："如果是这种情况，我建议您做一个小小的测试。根据测试结果，您再决定是让她在我这里治疗还是直接去看专家。您先在离她10米远的地方以正常的声音问她一个问题。如果她不回答，您就再走近2米，用更大一点的声音试试。如果她还是听不到，那就再走近2米……直到你走到她身边为止。"

老爷爷回到家，见老伴儿刚刚煮好午饭。他站在走廊问道："今天午饭吃什么?"没回应。他走近 2 米再问,还是没回应。最后,他完全走到她身边,在她耳边喊道:"今天午饭吃什么?"

老伴儿生气地回答:"该死的,别吼了,我已经告诉你七次了,吃鸡肉!"

■ 一名医生在酒馆看到他的一个病人坐在对面桌旁。他立刻起身走到他跟前,严厉地说:"我给您开了最强的安眠药,您却在半夜出现在一家酒馆里?"

"请不要生气,医生,"病人说,"药不是给我吃的,我把它放进我妻子的茶里了,这样我半夜出来她就不会知道了。"

■ "你最近怎么不开心,宝贝?"
"别提了,奶奶,我发现我睡觉时说梦话。"
"这没什么,我睡觉时也说梦话,没必要为此难过。"
"哦,奶奶,但您没有被全班同学嘲笑啊。"

■ 妈妈:"你拿着锤子要去哪儿?"
佩比切克:"我去打苍蝇。"
妈妈:"哪儿有苍蝇?"
佩比切克:"在我爸爸鼻子上。"

■ "我的这只鹦鹉训练有素,"一位男士向他的女友吹嘘道,"试着拉一下它左脚上的绳子。"

女友照做,那只漂亮的鹦鹉张口说:"你好!"
"现在试试拉一下它右脚上的绳子。"
女友也照做了,鹦鹉开口说:"再见。"
"你看,厉害吧!"男士说,"你先和它玩一会儿,我出去办点事儿,一会儿就回来。"

男士走后,女友心想:"如果我同时拉两根绳子,鹦鹉会说什么呢？我得试试。"于是，她同时拉了一下两根绳子。

鹦鹉生气地喊道：

"别干蠢事，你这个傻瓜，我会被你拽下去的！"

■ 两个昔日好友毕业多年后重逢，其中一个说："哥们儿，现在我终于弄明白了，连我这样的人都能成为工程师，我真的不敢再去看医生了！"

■ 一天，圣彼得决定了解一下布拉格的大学生是如何准备考试的，于是他派天使下界察看。

考前一个月，天使报告："医学系的学生在学习，经济系和法律系的学生在喝酒。"

考前一周，天使又报告说："医学系的在复习，经济系的拿出了教材，但法律系的还在喝酒。"

考前当晚，天使再次报告："医学系的已经可以倒背如流了，经济系的教材也差不多浏览了一遍，法律系的在祈祷。"

圣彼得笑着说："你说法律系的在祈祷？好，那就帮帮他们……"

■ 美国人想搞清楚捷克高校的情况，便派了一名顶级特工到捷克。结果，特工到校上课的第一天身份便暴露了。他回到美国后，上司问他："你是怎么搞的？怎么会暴露？""我去上课，结果所有人都在睡觉，只有我一个人在认真听讲。"

于是美国人又派了第二名顶级特工赴捷，这次他充分吸取了前者的教训，但只过一周便又回来了。上司很不解，怎么有了前车之鉴还是暴露了？他解释说："我去上课，大家都在睡觉，我也睡。后来我们去酒馆，所有人又都抽烟、喝酒，只有我不抽、不喝，于是我就暴露了……"

美国人再次派出一名更有经验的顶级特工赴捷。半年后，他回来了。上司感到很奇怪："你已经在那儿坚持了这么长时间，怎么还是回来了？"特工解释道："我和他们一块儿上课睡觉，一块儿去酒馆抽烟、喝酒。但后来考试时他们都考过了，只有我没过。于是我就被赶回来了。"

■ 美国宇航局将第一位航天员送入太空后发现，圆珠笔在无重力状态下不能书写，于是委托一家公司专门研究解决这一问题。经过五年时间并且花费了8000万美元后，美国航天员终于获得了一款能在任何场合、任何温度下书写的圆珠笔。

但是，俄罗斯人在这期间一直坚持用铅笔。

■ 一位男士实在受不了老婆的颐指气使，便去求助心理医生。医生对他进行了一番重建自信的说教，并给了他一本心灵鸡汤方面的书籍。男人在回家的公交车上一口气读完了这本书，一下找到了自信。回到家，他指着老婆大声说："从现在起，你给我听好了，我是这个家的主人，我的话就是命令！我要你现在就去准备饭菜，甜点也不能少。然后你还要给我准备洗澡水，我要好好放松一下。等我洗完了，你猜谁将给我穿衣梳头？"

妻子狞笑着说："那一定是殡仪馆的人！"

■ 一位帅哥走进一家商店，问金发碧眼的售货员："小姐，有荷兰伏特加吗？"

"没有。"

"有苏格兰威士忌吗？"

"也没有。"

"那你今晚有时间吗？"

"有。"售货员激动地说。

"那请你帮我下一份订单吧。"

■ 拉比对小莫里克说："孩子，今天我要考考你。如果你捡到100

万美元，你会怎么做？"小男孩想了想说："如果丢钱的是个富翁，我就把钱自己留着，但如果丢钱的是个食不果腹、居无定所的穷人，我就把钱还给他。"

■ "如果有钱了，你会投资什么？"
"李子酒。"
"为什么？"
"因为很少有东西能达到酒精度 50% 以上。"

■ 音乐学院作曲专业的一名学生近来很焦虑，因为马上就要进行毕业考了，而他的毕业作品还没有完成。这天，他碰到一个往届的毕业生，便去求教：
"老兄，还有一个星期就得交毕业作品了，可我连一个音符都没写出来。"
"我给你支个招儿。我当初就是把教授写的曲谱从后往前抄了一遍，没人认得出来。"
"这招儿我已经试过了，得到的是《自新大陆》。"（注：交响曲《自新大陆》出自捷克著名作曲家安东·德沃夏克之手）

■ 一个人死后来到地狱，撒旦亲自带他参观。他推开第一扇门，看到一个天体沙滩，到处是美女和美酒。他惊讶地问："这是地狱？""没错，这就是地狱。"他又推开第二扇门，里面是个令人感觉舒适的夜总会，处处灯红酒绿，音乐动人。"这也是地狱？""当然了。"然后他又推开第三扇门，看到一群鬼把一个有罪的人绑在柱子上，准备剥了他的皮放在油锅里炸。男人说："这才是地狱嘛！""是的，这也是地狱。不过，如果你不是天主教徒的话就不用怕。因为这是根据他们的愿望专门为他们定制的。"

■ 一名记者正在采访一只母鸡：

"听说您生下一只7公斤重的蛋,是真的吗?"
"没错。"
"那您将来有什么计划?"
"再生一只10公斤重的蛋。"
记者很满意,又去采访公鸡:
"您知道吗?您的一只母鸡生了一只7公斤重的蛋。"
"是的,我知道。"
"那您将来有什么打算?"
"我要灭了鸵鸟家族!"

■ 一只松鼠坐在树上剥核桃。
它剥开第一个,里面是一件银丝连衣裙。
它剥开第二个,里面是一件金丝连衣裙。
它剥开第三个,里面是一件镶钻石的连衣裙。
松鼠蜷缩在树枝上放声大哭:
"都怪那些愚蠢的童话,可能我永远都没的吃了……"

■ 一天,科恩先生打电话给儿子:
"儿子,我帮你找了个特别棒的对象,她不仅漂亮而且有钱。"
"可是爸爸,你知道我爱的是莎拉。她虽然出身贫寒,但我知道,和她在一起我会很幸福。"
父亲沉思片刻:"好吧,或许你和她在一起会幸福,但你要坦率地告诉我,孩子,幸福是什么?"

■ 科恩先生喝完咖啡,又抽了支烟,然后突然转身对妻子说:"杨娜,我想好了,如果我们两个人中有一个必须死,那我就搬到亚布隆奈茨市去。"

■ 科恩先生乘坐邮轮越洋旅行。晚饭后,他一个人在甲板上抽烟。

忽然，一个水手跑过来大喊："船要沉了！船要沉了！"

科恩先生听了毫无反应，继续若无其事地抽着烟。

水手冲着他大喊："先生，你聋了吗？我说船要沉了！"

科恩转过头漫不经心地说："那又怎么样？这船又不是我的。"

■ 耶塞尼克在路上偶遇科恩，停下来问：

"哇，上帝！你怎么龇牙咧嘴的？"

"鞋子夹脚。"

"那你为什么不买双大点儿的？"

"这你就不懂了。我这是在体验人世间唯一的快乐。"

"你不会是受虐狂吧？疼痛也能当快乐？"

"你有所不知。我老婆每天一起床就骂人，我的生意一塌糊涂，儿子总是惹是生非，医生还要求我戒烟戒酒。我实在是受够了。每天唯一惬意的，就是回到家脱下这双鞋子的那种解脱感。"

■ 切涅克有个女友，两人一直没结婚。他每天晚上都去女友家，就这样过了好几年。

有一天，朋友问他："你为什么不娶她？你们不是已经在一起很久了吗？"

切涅克觉得也对，应该娶她。

过了几天，切涅克又遇到朋友，说："我改主意了。"

"为什么？"

"我在想，如果和她结婚了，那以后每天晚上我上哪儿去呢？"

■ 诺瓦克先生对太太说："亲爱的，我可以看电视吗？"

太太说："当然可以，但不许打开电源。"

■ 德沃夏克女士在楼道里跟邻居抱怨：

"你知道吗，我老公每天晚饭后都会坐在我旁边，然后拿出一枚硬币抛啊抛。如果是背面朝上，他就要去酒馆。"

"如果是人头朝上呢？"邻居问。

"那他就再抛一次。"

■ 两名警察在辖区巡逻，突然看到一具尸体。其中一人说："这下有的忙了。立案，请上级来现场调查，上报各种材料……一天就搭进去了。"另一个人弹了一下他的脑门说："动动脑子啊，这儿离我们辖区的边界只有几步远，我们把尸体挪过去，让那边儿的同事来办不就得了。"二人会心一笑，于是说干就干。

过了没多久，在另一个辖区巡逻的两名警察也发现了尸体，其中一个大惊失色地说："哥们儿，他怎么自己又爬回来了……"

■ 警察局组织警员看歌剧《被出卖的新嫁娘》。演出前，大家带着花束和结婚礼物来到歌剧院。局长气得大骂："你们这群无知的家伙。我们是去看歌剧，不是参加婚礼！"

这时，其中一名警察小声地嘀咕："还说我们，去年大家一起去看《天鹅湖》的时候，你不也带着鱼竿，穿了胶靴嘛！"

■ 顾客："请给我拿一条黑色丝带，参加葬礼用的。"

售货员小姐："要多宽？宽度取决于你对死者的感情。"

顾客："既然如此，那就给我一根黑丝线吧。"

克罗地亚

国名全称：克罗地亚共和国
首都：萨格勒布
面积：56,600 平方千米
人口：406 万（2022 年）
官方语言：克罗地亚语
货币：欧元（EUR）
加入欧盟时间：2013 年

■ 星期五晚上，妻子对丈夫说：
"亲爱的，我们过一个愉快的周末怎么样？"
"当然好！"丈夫说，"你这个想法太棒了，那我们周一见！"

■ 在克罗地亚社交网站上有这样一则广告：
"我朋友还有一张世界杯决赛的门票，他今天邀请我观看。不幸的是，比赛当天我要结婚。如果谁有兴趣代替我，请告诉我。她将于当天上午9点在圣依格纳教堂外等候，金发，一米七。她的名字叫斯蒂芬妮。"

■ "你妻子的体重是多少？"
"请问我一些更简单、更安全的问题。"

■ 一个鸡蛋问另外一个：
"你身上怎么这么多毛？"
"你说什么？我是一个猕猴桃！"

■ 一位数学教授在街上看到他以前的一个学生开着最新款的奔驰车。他走上前说：
"马塔诺维奇，真想不到啊，十年前我最差的学生也过上了人上人的生活。如果不是秘密，能告诉我你现在做什么工作吗？"
"教授，我以批发纸张为生。我花一欧元买进，五欧元卖出。就靠这百分之四的收入，我过上了还算体面的生活。"

■ 穆乔和哈索一起到矿山找工作。
面试时老板问哈索以前是否做过矿工。
哈索撒谎说做过。
老板又问他在什么深度工作过。
哈索说，在8到10米的地方。

127

"您对矿场一无所知,矿井要比这深得多。您没做过矿工。"老板说完就把他打发走了。

哈索出来就告诉穆乔,如果他想得到这份工作,就必须说自己在很深的矿井工作过。

轮到穆乔面试时,老板问他以前有没有做过矿工。

他说有。

"那你在多深的地方工作过?"

"我曾经在一个深达两万米的矿场工作过!"

"哇,那么深,你们用的是什么光源?"

"哦,我们不用灯光,我们只在白天工作。"

■ 一个英国人、一个德国人和一个克罗地亚人来到撒旦面前。撒旦对他们说:

"你们每人往井里扔一样东西,如果我能找到,你们就下地狱,如果我找不到,就送你们回阳间。"

英国人拿起一块小石头扔进井里。撒旦潜入水中,很快就找到了石头,并随手把英国人送进了地狱。

德国人拿出一枚针扔进井里。撒旦跳进水里,找了一会儿也找到了。德国人也下了地狱。

最后,克罗地亚人从口袋里掏出一样东西扔进井里。撒旦微笑着沉入水中……五分钟……十分钟……半个小时过去了,撒旦累得气喘吁吁,但还是没找到。

"好吧,我送你回阳间,但你告诉我,你到底扔了什么?"

"一块儿方糖。"

■ 一个局长要在一个重要会议上发表演讲。他安排下属给他写一份 20 分钟的演讲稿。

但当这位局长开会回来后,他对下属大发雷霆:

"我让你写 20 分钟的演讲稿,你为什么要写成一个小时?! 你知道吗？我还没讲完，一半的听众都走了。"

下属困惑地说：

"没错啊，我是给您写了一份 20 分钟的演讲稿啊！不过，我按您的要求给您复印了两份。"

■ 约瑟夫找了一份大巴司机的工作，同时负责开车和卖票。

结果上班第一天，他就把车开进了沟里。老板来医院看他，问他事故是怎么发生的。

他说："老板，我也不知道。当时我正在后面卖票。"

■ 扎戈雷茨满头大汗地走进一家酒吧，对服务生说：

"快给我一些冰的东西，我快热死了。"

酒保给他倒了半升冰水。

他生气地说："我要喝的，不要洗的。"

■ 穆乔和法塔沿着亚得里亚海海岸散步，看到一个画家正在画夕阳。

穆乔对法塔说："亲爱的，你看见没，一个没有相机的人有多可怜！"

■ 一名巡警给警察局长打电话报告：

"局长，一个女人朝她丈夫的头开了一枪，又刺了他 20 刀。

"这么残忍，出于什么动机？"局长震惊地问。

"她说他在她刚擦过的地板上走来走去。"

"那你逮捕她了吗？"

"还没有，我们在等地板晾干。"

■ 一个美国人来萨格勒布旅游。他打了一辆出租车到处参观。路过一座摩天大楼时，他问出租车司机："那是什么？"

"那是一栋办公楼，旁边是一个体育场馆。"出租车司机回答说。

美国人得意地说:"在美国,我们可以在七天内盖一座这样的大楼。"

他们继续游览,美国人又问道:"那是什么?"

"那是一个会展中心。"

美国人又说:"在美国,我们用不了一周时间就能建造这样一个展览中心。"

出租车司机有些不耐烦。当他们经过一座大教堂,美国人又问那是什么。

出租车司机笑了笑说:"哟,我不知道啊。今天早上还没有这个建筑呢……"

■ 两个骷髅从墓地里爬出来,骑上摩托车,准备去镇上骑行。突然,其中一个说:

"嘿,等我一下,我得先回去一下,我忘了一样东西。"

等它回来后,另一个骷髅问:

"你刚刚忘了什么?"

第一个骷髅拿出一块墓碑,放在自己的摩托车上说:

"我的身份证,万一一会儿被警察拦下来呢?"

■ 史迪芬的父亲去世了,他去买骨灰盒。

"这个骨灰盒多少钱?"

"100 欧元。"

"还有便宜一点的吗?"

"有,这个 50 欧元。"

"桌上那个透明的呢?"

"那是一个装酸黄瓜的罐子,如果您想要,我免费给您。"

"太好了。我爸爸喜欢看着窗外。"

■ 穆乔问哈索是否相信一见钟情。

"我相信。如果我当初多看法塔儿眼,你觉得我还会娶她吗?"

■ 穆乔问法塔,除了他之外,她还有过多少知己。法塔没说话,抬头望着天花板,脸上泛起幸福的微笑,然后闭上了双眼……大约半小时后,穆乔打断沉默说:"算了,我只是随便问问,没有就不用说了。"法塔睁开眼生气地说:"哎呀,都怪你打断我,现在又得从头数了。"

■ "亲爱的,你为什么哭?"
"我爸妈不同意我们的婚事。"
"好了,你不必为这事哭。我再找一个就行了。"

■ 一个黑帮老大在法庭上警告他的律师:
"听着,如果你设法让我坐一年牢,这袋钱就是你的。如果你办不成,我就要你的脑袋。"
后来,法官判处他一年监禁。
黑帮老大喜出望外,抱住律师问:
"这一定费了不少力吧?"
"是的,我从未办过这么难的案子。"律师回答说。
"怎么说呢?"
"法官本想以证据不足为由判你无罪的。"

■ 我妈妈以前总是对我说:"儿子,好好学习,这样以后你就不用像我一样工作了!"
她说得没错。我读完了小学、中学和大学,现在的确没找到工作。

■ "那个富人是谁?"
"按西方的标准,他是一个白手起家创建一个成功企业的人,但按克罗地亚的标准,他是一个不择手段摧毁一个成功企业的人。"

■ "经检查，我们建议你进行紧急心脏手术。最早可以预约的时间是 4 月 3 日上午 8 点。"

"我们就不能早点做吗？"

"好吧，7 点 30 分。"

■ "你好，请问是酒瘾患者咨询中心吗？"

"是的，请问有什么可以帮到您？"

"我想问一下，李子酒可以加冰吗？"

■ 世界末日来到克罗地亚，它环顾一下四周说：

"看样子我好像已经来过这儿了。"

■ 一个贼对另一个贼说：

"过去，是我们这些盗贼选择我们要抢劫的对象。今天，已变成选民自己来选择由谁来抢劫他们，还美其名曰是选举。"

■ 秘书向议长报告：有三位客人来拜访他，分别是教皇、国际货币基金组织特使和世界银行行长。

"议长先生，我应该先请谁？"

"教皇吧，"议长回答说，"我只需要吻他的手。"

■ 一个海关官员死后来到上帝面前等待分配结果。

上帝说："我查了一下，你一生并没干过什么坏事，所以给你选择的权利，你愿意去地狱还是天堂？"

"请问，我能待在天堂和地狱的边界吗？"

■ "为什么海军更乐于招募不会游泳的人？"

"因为那样他们就会竭尽全力保护军舰。"

■ 一个醉汉上了一辆出租车。出租车司机问他：
"您要去哪里？"
"回家。"
"能再说具体一点儿吗？"
"去……卧室。"

■ "我昨天从一个七米高的梯子上摔下来了！"
"啊？真的吗？那你怎么一点事儿都没有？"
"我是从梯子最底层的那一格掉下来的。"

■ 一个黑塞哥维那人给他在萨格勒布的教父打电话。
"教父，我儿子明天要去萨格勒布，您能帮他找一份工作吗？"
"没问题……当个议员怎么样？月薪2万库纳，他什么都不用做，只需要举举手……"
"不，不，不，对于一个刚参加工作的年轻人来说，工资太高了……有没有一些报酬较少、责任较大的工作？我希望他学会担当和负责任。"
"那就当个党派的书记吧，月薪15,000库纳，只负责念念文件。"
"不，不，还是太多了。"
"要么，当个公司董事，月薪12,000库纳，责任比较大。"
"教父，有没有一份任务比较重，但月薪只有4000库纳的工作？"
"有是有，但需要有大学文凭……"

■ 一个大个子走进一家咖啡馆，并站在门口大喊：
"所有政客都是白痴！"
一位顾客站起来说：
"嘿，你怎么能骂人呢！"
"你是政客吗？"
"不，我是个白痴。"

■ 两个黑山人抢了一家银行。他们回到家，把钱袋子放在床上。其中一个人问："我们现在就数钱，还是等官方通报消息？"

■ 伊万回家时低着头，满脸泪水。
"妈妈，他们在学校叫我黑手党。"
"别担心，儿子。妈妈明天去见校长，所有问题都会解决的！"
"谢谢妈妈！但您得小心点，一定要让事情看起来像一场意外。"

■ 伊万坐在客厅里，突然问：
"爸爸，你有没有爱上过一个老师？"
"爱过，怎么了？"
"那后来怎么样了？"
"也没什么。被你妈发现后，她就把你转到另一所学校了。"

■ 老师站在讲台上对学生们说：
"有谁认为自己是傻子吗？请站起来。"
只有伊万一个人站了起来。
"伊万，你为什么认为自己是个傻子？"
"我并不认为我傻，"伊万回答说，"我只是不想看到您一个人站着。"

■ 两只鸡分别站在一条街的两边。
一只对另一只说：
"过来吧，到对面来！"
另一只回答说："我已经在你的对面了。"

拉脱维亚

国名全称：拉脱维亚共和国
首都：里加
面积：64,589平方千米
人口：187.6万（2022年）
官方语言：拉脱维亚语
货币：欧元（EUR）
加入欧盟时间：2004年

■ 一位女士在登机前被机场工作人员拦住。
"女士,我已告知过您,狗是被禁止带入机舱的。"
"但这只是一只毛绒狗。"女士争辩说。
"我再重复一遍,狗被禁止进入机舱,这一规定适用于所有种类的狗!"

■ 一名海关人员询问一位可疑的乘客:
"你有毒品吗?"
"有……"
"有枪吗?"
"有……"
"有钻石吗?"
"有……"
"现金呢?"
"当然……"
"哦,那我可以和您合张影吗?"

■ 一户豪宅的门铃响了。女主人打开门,看到一个推销员站在门口。
"您好,年轻的女士!请允许我向您推荐一下我们公司的商品,您的邻居说,这里面有您买不起的最新产品。"

■ 一位男士穿着棉大衣跳入水中,开始游泳。
岸上的人看到后不解地问道:
"先生,您这是在干吗?"
"洗大衣。"
"您家没有洗衣机吗?"
"有,但洗衣机转得我头晕。"

■ 一名乘客走进一个火车包厢,在一位男士对面坐下,并礼貌地打招呼：

"我看您很面熟。"

"这有可能，"那人回答说，"我是一个颇有名气的预言家。"

"哦，如果您能猜到我要去哪里，我就给您10欧元。"

预言家观察了一会儿，然后说：

"您要去里加和您老婆离婚。"

那名乘客从口袋里拿出钱包，给了预言家100欧元。

"为什么这么多？"

"为了您出的好主意！"

■ 一位将军的孙子今天出生了，他派了一个士兵去产房打探消息。

当士兵回来复命时，将军问他：

"我的孙子长得像谁？"

"当然像您啦，将军。"

"给我描述得更详细些！"

"他是个秃脑袋，什么都不懂，而且一直在哭闹、喊叫！"

■ 一位女士来找心理医生。

"我确信我的丈夫在欺骗我！每个星期一他都会消失几个小时。当他回来时就像换了一个人一样——开朗、快乐、眼睛发光。但从第二天开始，他又会变得闷闷不乐，对一切都毫无兴趣。"

"我为此感到非常高兴。"医生说。

"什么？您为他欺骗我而感到高兴？"

"他没有欺骗您，他每周一在您说的时间段都来找我咨询。"

■ 两个熟人没事在一起谈天说地。

"我说伙计，你和你老婆一起生活了这么多年，你还一直叫她'小鸟儿'和'小鱼儿'的，你们真的那么相爱吗？"

"才不是呢，是我忘了她的名字了……"

■ 丈夫："今天真是个好日子！我觉得很可能会发生什么事。"
妻子："会发生什么事？"
丈夫："你一直在说的那件事。"
妻子："我说什么了？"
丈夫："如果好日子来了，你就会离开我。"

■ 两个人在婚后几天的对话：
"亲爱的，你不再叫我是你的女神了？"
"很抱歉，在过去几天里我已经成为无神论者了。"

■ 两个朋友相遇闲聊。
"你妻子是如何做到这么快减肥的？简直是奇迹！"
"她每天精确地计算卡路里：早餐 40 粒 Tic-Tac 口香糖，午餐 70 粒，晚餐 30 粒。最后，不仅体重下来了，口气也很新鲜。"

■ 男人醉醺醺地回到家，女人正生气地等着他。
"你为什么又喝这么多？"
"我也不想喝这么多的，"男人解释说，"其实我们三个人只喝了一瓶酒。"
"那你为什么连脚都站不稳了？"
"是……是因为那两个人没来。"

■ "您好！请问是诊所吗？"
"是的。"
"你们能治疗酒精成瘾吗？"
"能。"
"需要多少钱？"
"350 欧元。"
"这么贵！你们简直是疯了！有这些钱我可以买 30 瓶白酒了。"

■ 车行在进行圣诞促销，打出的广告是："圣诞大酬宾！劳斯莱斯、奔驰600和林肯三款车型，优惠5%。退休人员和学生购买，优惠10%！"

■ 老师问小彼得：
"如果你有六个苹果，你把一半分给了弟弟，你还剩下几个？"
彼得思考了一会儿，然后回答：
"五个半。"

■ "小彼得，你在学校最不喜欢什么科目？"
"课本。"

■ 爸爸的朋友问小贝奇斯：
"你更听谁的话，妈妈的还是爸爸的？"
"当然是妈妈！"小男孩不假思索地回答道。
"为什么？"
"因为她的话比较多。"

■ 据说，爱沙尼亚引入了新的交通信号灯，即六个灯：
红色代表"停止"。
黄色代表"注意"。
橙色代表"预备"。
紫色代表"准备马上走"。
绿色代表"可以走"。
棕色代表"为什么还不走？"

■ 一个浑身惨白的人来到尤尔马拉海滩晒日光浴。一个当地人走到他面前，问道：
"您是从哪里来的？"

"我来自楚科奇。"
"你们那里没有夏天，是吗？"
"有，但今年的那一天我在工作。"

■ 两个俄罗斯游客在巴黎的一家餐厅用午餐。服务员拿来了一份法语菜谱，其中一名游客开始用夹着俄语口音的法语点菜。
"拉鸡肉、拉红酒、拉沙拉，拉拉……"
服务员很快就端来了他所点的一切。
"看，如果我不会说法语，我们吃什么？"点菜的游客吹嘘道。
服务员说："如果我不是来自圣彼得堡，鬼才知道你要吃什么。"

■ 一个美国老板和一个俄罗斯老板在交谈。
"在美国，你必须至少有一个大学学位，才能成为一个高收入者。"
"在我们俄罗斯清洁工几乎都有大学学历。"

■ 一个英国牧师走进一个被打理得非常整洁漂亮的花园，他对园丁说："多么漂亮的花园啊，上帝创造的东西真是美轮美奂！"
园丁说："那你真应该看看，当这个地方刚刚被上帝创造出来时是什么样子。"

■ 博物馆展出一尊没胳膊、没腿、没脸的雕像，雕像的标签上写着"胜利者"。
一个参观者看到后说："该死，我很想知道失败者应该长成啥样！"

■ 生物课上，老师问全班学生：
"谁知道黄貂鱼为什么是扁平的？"
贝特里特开口说："因为它被鲸鱼睡过。"
老师生气地说："住嘴，你给我出去！"

接着，老师又问：
"为什么螃蟹的眼睛凸在外面？"
一个声音从门外传来：
"因为它目睹了这一切！"

- 一名年轻人问书店的工作人员：
"你们有《怎样在一周内成为百万富翁》这本书吗？"
"有的，不过这本书必须和刑法典一起捆绑出售。"

- 一家酒吧专门设立了回答顾客妻子提问奖：
"他刚刚离开。"—— 30 拉特
"他今天不在这里。"—— 60 拉特
"我好几天没见到他了。"—— 90 拉特
"我不认识他，他是谁？"—— 120 拉特

- 一个年轻人走进商店，严肃地对店员说：
"我要买329克腊肠、246克奶酪和391克火腿，必须十分精确。"
女店员费了很大劲，按他的要求称好了递给年轻人，并加了一包避孕套。
"我没要避孕套，为什么要给我？"
女店员说："我觉得，像你这样的白痴没资格繁衍后代。"

- 牙医给病人拔完牙，收费90欧元。
"不对啊，医生，候诊室价目表上明明写得很清楚，拔一颗牙30欧元。"
"您说得没错，"牙医说，"但您刚刚喊叫得声音太大，把我另外两个病人吓跑了。"

■ "医生,请老实告诉我,您的这种治疗确实管用吗?"
"我这么跟您说吧,我刚给我儿子买了一栋别墅,我女儿也即将搬进她的新房!"

■ 眼科医生对病人说:
"请读一下这行字。"
"对不起,我读不出来。"
"嗯,看来您是近视了。"
"该死,我忘说了,我不识字。"

■ 在胸科诊室,医生对病人说:
"我今天比昨天更喜欢您的咳嗽。"
病人:"噢,医生,为了让您喜欢,我昨天一整夜都在刻苦训练。"

■ 一个心理医生对他的同事说:
"我碰到一个特殊的病例——一个总觉得自己拥有最新款奔驰车的暴发户。"
"那你是怎么给他治疗的呢?"
"为什么要给他治疗?我已经开车带他上班两个星期了。"

■ 被告问法官:
"你为什么要判我侮辱、嘲笑和羞辱他人罪?你应该以谋杀未遂罪审判我!"
法官:"你真的以为你可以用苍蝇拍杀死你的岳母吗?"

■ 法官在审理一起公司逃税案时,传唤了一名女证人。
"你是这家公司的雇员?"
"是的。"
"那你知道做伪证会有什么后果吗?"

"知道，经理答应给我 1000 欧元和一件裘皮大衣。"

■ 一位部长开车撞了两个行人。他找到法官，想提前知道这个案子会如何判。
法官想了想说：
"部长先生，如果您同意，我想撞碎您挡风玻璃的那个人应该以损坏他人财产罪被判两年，倒在灌木丛的另一个人应该以肇事逃逸罪判处三年。"

■ 一个渔夫坐在岸边，一位游客走过来问：
"您钓到什么了吗？"
"是的，但我又把它扔进水里了。"
"它很小吗？"
"不，它和您差不多大，也一样好奇。"

■ 小儿子问他做交警的父亲：
"爸爸，您害怕司机吗？"
"不害怕，儿子。"
"那您为什么总藏在灌木丛中躲避他们？"

■ 对国会议员来说，最大的挑战是既能骗取纳税人的钱，又不能失去这些选民。

■ 足球比赛结束后，输掉比赛的球队队长找到裁判问：
"您的狗呢？"
"什么狗？"裁判惊奇地问，"我没有狗。"
"怎么可能呢！"队长说，"眼睛瞎了，还没有导盲犬？"

■ 飞行员、油罐车司机和出租车司机在争论哪种职业最好。

143

飞行员说:"当我接近机场时,我妻子就可以听到声音,等我回到家时,热气腾腾的饭菜已摆上桌了,床都铺好了。"

油罐车司机说:"当我接近城市时,我妻子也可以听到声音,等我回到家,她已经准备好了桑拿房和伏特加。"

出租车司机:"我要回家前,通常把车停在离家两个街区的地方,然后从后备箱取出一把锤子,像小偷一样潜回家。"

"为什么要这样?"

"为了让那个孙子不挂点彩就别想离开!"

■ 一位文学评论家对朋友说:"我想休个假,这样我至少可以读一本我写过评论文章的书。"

■ 士兵一个接一个地跳出机舱。当指挥官认为所有人都已经在空中时,他忽然又发现了一个。

"奥佐林斯,您在这里做什么?您不是第一个跳下去的吗?"

"是的,长官,但我的降落伞没打开,所以我回来了。"

■ 一个计算机程序员问另一个:

"你妻子也是个程序员吗?"

"不是。"

"那你每天和她聊什么?"

■ 记者采访一位著名画家:

"您的第一次个人画展是您辉煌职业生涯的开端吗?"

"不是,真正的开端是,警察向媒体宣布,一起画廊失窃案中被盗的唯一一幅画是我画的。"

■ 一个暴发户钓到一条金鱼。金鱼说只要放了它,就会满足他三个愿望。暴发户经过片刻思考后说:

"首先，我希望所有交通信号灯在我靠近时都变成绿色。第二，我希望当我想飞到某个地方时，总有一张商务舱的票可供我使用。第三，我希望所有警察在我开车经过时都要敬礼。

"我会满足您的愿望，"金鱼说，"但你让我感到惊讶，因为几乎所有人想要的都是城堡、美女和金钱。"

暴发户笑着说："城堡、美女、金钱我都有。另外，人要学会谦虚，我亲爱的金鱼。"

■ 一个暴发户钓到一条金鱼，嫌它小又把它扔回了水里。过了一会儿，金鱼浮出水面问他：

"你疯了吗？"

"怎么了？"

"你不知道你有三个愿望可以实现吗？"

暴发户耸耸肩说：

"好吧，那就快点儿告诉我吧！"

■ 两个有钱人在街上相遇，其中一个牵着一条斗牛犬，另一个带着一条腊肠犬。

"嘿，快让开！"第一个人喊道，"否则我的斗牛犬会把你和你的腊肠犬撕成碎片！"

"随便你。"另一个人平静地回答。

第一个人放开了他的狗，斗牛犬扑向腊肠犬，但很快就被后者撕成了碎片。

"怎么可能？"斗牛犬的主人疑惑道，"把你的腊肠犬卖给我吧，我愿意给你 3000 欧元。"

"你在做白日梦吧！这条鳄鱼是我花 8000 美元买的，后来给它做整形手术又花了 3 万美元。"

■ 两个暴发户路过一家汽车行。

"走，进去看看。"其中一个人说。

他们看了几辆豪车，最后，那个人买了两辆雷克萨斯。

"你为什么要买两辆？"另一个人问道。

"我给你买了一辆。"

"为什么？"

"昨晚不是你给我付的咖啡钱嘛！"

■ 一个富豪和他的朋友一起去印度洋的一座岛上度假。当他们把雪板、雪橇从私人飞机上取下来时，一个当地人好奇地问："我能问一下吗，你们准备在哪里滑雪？"

"别着急，"富豪说："下一架飞机会运来山和雪。"

■ 在拉脱维亚，大多数人的银行账户上都是整数——0。

■ 曾经有一个非常诚实的年轻人。一天，天使出现在他面前说：

"鉴于你的诚实与虔诚，我要奖励你。告诉我，你喜欢什么——聪明、荣耀还是财富？"

"我想要聪明。"年轻人一下子就聪明起来了。

"现在你聪明了，你对自己的选择怎么看？"天使问道。

年轻人不假思索地说："我应该选择钱财。"

立陶宛

国名全称：立陶宛共和国
首都：维尔纽斯
面积：6.53万平方千米
人口：279.5万（2022年）
官方语言：立陶宛语
货币：欧元（EUR）
加入欧盟时间：2004年

■ 一列火车停在跨西伯利亚铁路的主干线上。
两个小时过去了,火车依然在原地未动。乘客们问:
"怎么回事?"
"我们正在换机车。"列车员回答。
又是两个小时过去了,火车还是一动不动。
"发生了什么事?为什么不走?"
"我们正在换机车。"列车员回答。
又过去了两个小时,乘客们变得焦躁不安,大声抗议:
"发生了什么事?为什么还不走?"
"我们正在换机车,"列车员补充说,"用机车换面包和伏特加。"

■ 爸爸:"知道你为什么挨打吗?"
儿子:"因为你力气大。"

■ "我讨厌酒精。"
"那为什么还喝它?"
"因为酒精是人类最大的敌人,我必须摧毁敌人。"

■ 一个男人来到一家豪华餐厅,点了最贵的菜和最贵的白兰地。当要付钱时,他问服务员:
"你们收珍珠吗?"
"是的,珍珠可以。"服务员说。
"那好,再给我上三十只牡蛎,祝我好运吧!"

■ 一个老奶奶在拥挤的火车上对一个肌肉发达的光头男说:
"年轻人,您能不能给我腾个地方?"
"没问题,"他回答说,"您想坐在哪个车厢?"

■ "我的前女友到处传播关于我的谎言。"

"没必要生气。试想一下，如果她到处传播关于你的真话，那岂不是更可怕！"

■ "伊奈莎说，昨天你在派对上忽略了她。"
"至少你看到了她，我甚至都没注意到她。"

■ 一位男士在集市上卖鹦鹉。一个想买的人观察了半天，然后问："这只鹦鹉肯定不会说话，对吗？"
"它会说话，而且很爱说。"
"那你为什么要卖掉它？"
"我卖它是因为有它在，我根本无法说话。"

■ 指挥官当着士兵的面大声喊道：
"有谁自愿去挖土豆，向前一步走！"
只有一个士兵向前迈了一步。
指挥官指着这名士兵说：
"你上车，其他人跑步前进！"

■ 两个孩子在沙坑里吵架。
其中一个说："我爸爸可以买下整个克莱佩达（立陶宛港口）！"
另一个说："我爸爸可以不卖给他。"

■ 警察拦下一名司机，要求检查驾照。
司机从口袋里掏出一张皱巴巴、脏兮兮的驾照。
警察问："为什么驾照会这么脏？"
司机说："因为每一个拦下我的蠢货都会摸它。"

■ 一位来自立陶宛农村的母亲给她在爱尔兰的女儿写了一封信：
"女儿你好！如果你收到这封信，说明已经成功送达，但如果你没有收到，请写信给我，我会再给你写一封。考虑到你读得慢，我就写得慢一些。我们这儿的天气很好，上周只下了两场雨，第一场下了三天，第二场下了四天。我把你的大衣寄走了。你爸爸说金属纽扣不能通过金属探测器，所以我把它们剪掉了，放在口袋里，记得自己缝上。还有，你爸爸找到一份管理几千人的新工作——在公墓铲雪。你姐姐玛丽特结婚了，而且马上要生小孩了。我们还不知道是男孩还是女孩，所以没法告诉你，也不知道你将来是姨妈还是舅舅。你姐姐说，如果是女孩，就用我的名字命名。当然这是她的事，不过我还是觉得怪怪的，因为她要叫自己的女儿"妈妈"。你哥哥彼得最近很倒霉。他不小心把车钥匙锁在了车里，因此不得不走十几千米，回家去拿备用钥匙，以便让我们从车里出来。如果你在爱尔兰碰到我们的邻居柳德米拉，请向她问好。如果你没见到她，也就不必说了。你的妈妈。又及：我本来想给你寄点钱，但我已经把信封封好了。"

■ 佩皮克不喝汤，怎么劝都无济于事。妈妈的忍耐也到了极限。无奈之下妈妈想出了一个花样，她对佩皮克说：

"儿子，我们来玩个游戏吧。假装你的嘴是辆公交车，汤就是乘客，来，我们让乘客一一上车……"这样一勺一勺佩皮克喝得很顺利，眼看盘子里的汤快被喝光了。突然，佩皮克大叫起来："咦！洋葱！"随后他便哇的一声把喝进去的汤全吐了。佩皮克说："这是因为乘客现在要下车了……"

■ 三个立陶宛人去找一个富有的俄罗斯人借钱。俄罗斯人对秘书说：

"玛莎，请给这三个白痴倒咖啡。"

这时，其中一个立陶宛人礼貌地说：

"拜托，就两个白痴。我是翻译。"

■ 楚查打了一辆出租车。到达目的地后,出租车司机说:
"10块。"
楚查给了他5块。
出租车司机很惊讶:"为什么是5块?你得付10块。"
"凭什么!我们两个人坐在车上,难道不应该一人一半吗?"

■ 彼得约帕维尔见面。
"哪天?"
"哪天都行。"
"在哪儿?"
"在哪儿都行。"
"几点?"
"几点都行。"
"好,那就准时来吧。"

■ 一位男士醉酒开车,被警察拦下。警察要求他吹气测试。
"不行,我有肺炎。"司机说。
"那就进行血液检测。"
"也不行,我的凝血功能不好。"
"那就沿着这条线直走。"
"不,我承认喝醉了。"

■ 小洪扎和爸爸一起吃饭时把叉子弄掉了,他俯身去捡,不小心撞到了桌子。桌上的伏特加瓶子摇摇晃晃,差点从桌子上滚下来。
洪扎说:"爸爸,刚才你的伏特加险些丧命。"
爸爸说:"你也是。"

■ 在语文课堂上,老师问尤卡:
"字母表的第一个字母是什么?"

"B。"尤卡回答。

"错,到角落去站着!"老师命令道。

尤卡走到角落,看到一只蜘蛛,吓得大叫一声:

"啊(A)。"

"好,这次对了,"老师表扬道,"你可以回到自己的座位了。"

■ "最大的性偏差是什么?"

"柏拉图式的爱情。"

■ 一个女孩给一档广播节目打电话:

"我昨天捡到一个钱包,里面有5000美元、2000欧元和一张名片。他叫安德里乌斯·佩卓斯卡斯,来自维尔纽斯的泰科斯大街17号。请帮我给他点一首好听的歌。"

■ "你为什么说你老公像一个遥控器?"

"因为他经常躺在电视机前。"

■ A国总统要进行秘密出访。为了严格保密,只有他最亲密和经过特别审查的五位同事知道此事。第一夫人是在出发前一小时得到的通知,而总统本人则根本没有得到通知。

■ 根据A国最新法律草案,只有具有总统工作经验的人才能参加总统选举。

■ 国王宣布,谁最先爬到摩天大楼的第100层,谁就能得到一笔财富。一个英国人、一个俄罗斯人和一个立陶宛人参与了挑战。英国人最先爬到了99层,突然听到有人说:"不要上来,否则我杀了你!"英国人很害怕,赶紧爬回来。俄罗斯人随后也到了99层,也听到有人说:"不要上来,否则我杀了你!"俄罗斯人也很害怕,原路返回了。最后，立陶宛人也到了 99 层。"不要上来，否则我杀了你！"立陶宛人听到这句话以后心一横，对自己说："爱咋咋地，没人能阻止立陶宛人！"说完，他爬上了第 100 层。这时，他看到一个醉汉手里拿着一瓶啤酒，对着一只苍蝇叫："不要上来，否则我杀了你！"

■ 佩皮克在浴室里问妈妈：
"妈妈，今天我穿哪件睡衣？"
"短袖的那件。为什么要问这个？"
"我好决定胳膊洗到什么位置。"

■ "爸爸，你相信吗？我们的老师从没见过狗。"
"这不太可能吧。你为什么会这样想？"
"我画了一只狗，他问我：'这是什么？'"

■ 一个学生拦下一辆车，问司机：
"你能送我去学校吗？"
"可能不行，我要去的是另一个方向。"
"那太好了，我就想去另一个方向！"

■ 一名 17 岁的女高中生对男友说：
"亲爱的，你能想象吗？有个叫莎士比亚的人，他剽窃了你前天写给我的诗。"

■ 一个新婚妻子半夜给母亲打电话哭诉：
"妈妈，我受不了了。斯坦达还没有回家，他可能和别的女人在一起……"
"女儿，你总是把事情想得很坏。也许他只是被车撞了。"

■ "您觉得我家的马捷伊怎么样？"一位母亲问她的邻居。

"他是个不错的、有教养的孩子。不过可能出于某种原因,他误认为我是个医生。"

"您为什么会这么想?"

"因为他每次看到我都会把舌头伸出来。"

■ "阿玛尔卡,你最喜欢哪个季节?春天、夏天、秋天还是冬天?"

"我最喜欢不用上学的季节。"

■ 晚餐时,餐厅内的现场演奏声音很大。一位顾客叫住服务员问道:

"你们的音乐家们什么都会吗?"

"那当然。"服务员很自豪地回答。

"那就让他们去下棋吧,我们想安静地吃一顿晚餐。"

■ 妈妈警告孩子们说:

"孩子们,爸爸回家后你们一定要保持安静,因为爸爸今天很辛苦,他的副手生病了,他不得不自己工作。"

■ 不同年龄段的女性关于男性的想法:

17岁——他是个什么样的人?

25岁——他是谁?

40岁——他在哪儿?

60岁——他有什么用?

■ "我结婚是为了过好日子。"

"正相反,我因为要过好日子才离婚。"

■ "学习法语很难吗?"

"并不难,你只需要用法语词汇替代立陶宛语词汇就可以了。"

■ "如果你失眠了,通常怎么办?"
"数数。"
"数到几?"
"数到三(点)。"
"这么好!管用吗?"
"并不总是管用,有时也得数到三点半。"

■ 一名员工收到工资后,愤怒地跑到会计那里质问:
"你少给了我50块。"
"是的,但上个月我还多给了你50块呢,你当时为什么不说?"
"犯一个错误可以原谅,但犯两个错误就必须纠正。"员工回答道。

■ 驾校的教练问一个学生:
"告诉我发动机是如何工作的。"
"我可以用自己的话描述吗?"
"当然。"
"哪,哪……"

■ 妹妹问哥哥:
"爸爸发现你撞坏了他的车,他对你说了什么?"
"我可以不说脏话吗?"
"当然。"
"要是这样的话,他就根本什么也没说。"

■ 小女儿问妈妈:
"妈妈,我的小弟弟是立陶宛人吗?"
"当然了,你为什么要怀疑呢?"母亲疑惑道。
"弟弟已经开始说话几个月了,但他说的每一句我都不明白。"

◼ 医生对病人说：
"您的心跳不规律。您喝酒吗？"
"喝，而且非常规律。"

◼ 在一个关于酒精有害的研讨会上，一位与会者说：
"大自然本身是拒绝酒精的。例如，如果我们把一桶水和一桶伏特加放在一头驴子面前。您认为他会喝什么？"
"水。"
"为什么？"
"因为它是头蠢驴。"

◼ 一位孝顺的儿子给刚过世的父亲买棺材。
"您想要木制的还是金属材质的？"店员问。
"哪个更好？"
"这很难说，不过我建议您买木制的，这样更有利于健康。"

◼ 一个立陶宛人打电话给剧院，他问道：
"今晚演出的节目是什么？"
"芭蕾舞《天鹅湖》。"
"什么语的？"

◼ 一个腰缠万贯的富商给监狱捐了一大笔钱用于监狱的现代化改造。
朋友问他："你为什么不把钱捐给学校？"
商人说："我再也不会去上学了。"

◼ 女婿来到岳母家。岳母很惊讶：
"你怎么来了？"
"我和你女儿吵架了，她让我见鬼去。"

■ 妻子问丈夫："亲爱的，我是理想的女人吗？"
"超出理想。"
"超出？"
"是的，大约超出60公斤。"

■ 病人问医生：
"如果手术失败，我将会怎么样？"
"别担心，如果发生那种情况，您也根本不知道。"

■ "医生，请问拔一颗牙要多少钱？"
"100块。"
"只需要5分钟就能赚这么多钱？"
"如果您愿意，我可以拔一个小时。"

■ "局长在哪儿？"
"他在与妻子通电话。"
"你怎么知道是他妻子？"
"因为他半小时都没说一句话。"

■ 一个吉卜赛人向神父忏悔：
"神父，我偷了一根绳子。"
"那不是什么大罪。您还有没有偷别的东西？"
"有，一个角。"
"角？"
"嗯，那个角是跟一头牛连在一起的。"

■ "如果伊格纳利纳核电站发生爆炸，我们该怎么办？"
"用床单裹住自己，慢慢走到墓地。"
"为什么要慢慢走？"

"以免引起大范围恐慌。"

■ 法官愤怒地质问：
"你做伪证能得到多少钱？"
证人："他们答应给我 1000 块。"

■ 一个老人对同龄人说：
"我昨晚睡不着，牙齿不舒服。"
"我睡得很好。我和牙齿早就分开睡了。"

■ 楚克查说：
"我昨天骗了一个出租车司机……"
"怎么说呢？"
"哈哈，我付了钱，但我没去乘车。"

■ 一个老人在酒馆里对朋友说：
"结婚前，我说话，她听；结婚后，她说话，我听。现在，我俩都说话，邻居们都在听。"

■ 一个电影导演对一个年轻的女演员说：
"如果你同意和我合作，我保证你一年后就会得到'奥斯卡'。"
女演员好奇地看着他说：
"好啊，但如果是个女孩呢？"

卢森堡

国名全称：卢森堡大公国
首都：卢森堡
面积：2586.3 平方千米
人口：64.5 万（2022 年）
官方语言：卢森堡语，行政语言为法语、德语和卢森堡语
货币：欧元（EUR）
加入欧盟时间：1957 年

■ 游泳老师:"皮蒂,你为什么洗澡时还打着伞?"
皮蒂:"老师,我忘了带毛巾!"

■ "明天我老婆过生日。"
"她今年多大年纪?"
"跟去年和前年一样,39岁。"

■ 医生:"您感觉晚上也疼得厉害吗?"
病人:"不知道,我整个晚上都在熟睡!"

■ "您儿子总是对我家的狗伸舌头!"
"没错,但您别忘了,是您家的狗先开始伸的。"

■ "在里米尼的那家酒店,我有一种待在家的感觉!"
"那真是太糟糕了,我最近住酒店也很不开心。"

■ 交警在进行例行检查时对一名司机说:
"你这就是一堆破烂,根本就不能称为汽车!"
司机:"没错,所以我没有执照。"

■ 两个农民在为一只羊讨价还价。
一个说:"我真的很想买这只羊,但就是太贵了!"
另一个说:"一分钱一分货,你看看它这身打扮,100%的纯羊毛!"

■ 父亲对儿子说:
"18岁生日快乐!从今天起,你可以做任何你想做的事,直到你结婚为止!"

- 法官:"您为什么不把捡到的金戒指交给警察?"
  "我不需要交,因为上面写着'永远属于你'!"

- 教师问学生:"哪种鸟不筑巢?"
  "布谷鸟。"
  "正确,为什么?"
  "因为它通常住在闹钟里,老师!"

- "克莱恩夫人,您丈夫的手术费大约是 3000 欧元。"
  "那就算了吧,医生,还是殡仪馆那边的价格更划算。"

- "医生,我老婆总是喝醉酒,而且还在床上抽烟!"
  "您是担心她睡着了把被子烧着吗?"
  "这是一方面,但最让我烦恼的是,她总把我的耳朵当成烟灰缸。"

- 总理在一次会议上对一位失业的建筑师说:
  "我如果不是总理,就会去建房子!"
  失业的建筑师说:"如果您不是总理,我也会去建房子!"

- "皮蒂,你手里的剪刀太钝了!"
  "不可能,我今天早上还用它剪了铝箔,很锋利!"

- "桶里的这些鱼都是您自己钓的吗?"
  "虫子也帮了忙。"

- 克拉拉:"我很想要橱窗里的那件泳衣!"
  售货员:"我也很乐意把它卖给您,不过需要提醒您的是,那不是泳衣,那是宽鞋带!"

■ 塞普坐在酒馆里，心想：
"我宁愿得阿尔茨海默病，也不要得帕金森病。毕竟，忘了付啤酒钱总比把啤酒倒掉好。"

■ 爸爸："皮蒂，你还想成为一名职业足球运动员吗？"
皮蒂："不了，我发现球员在每场比赛后都要洗澡。"

■ 警察："你好，停车检查！"
司机："好的，请先查一下机油，再查一下胎压。谢谢！"

■ 妻子："医生给您开了什么药方？"
丈夫："运动和新鲜空气。"
妻子："太好了，这个周末你打扫阳台。"

■ 莱恩告诉他的朋友："你能想象吗？一个月前，外科医生把一块海绵留在了我的胃里！"
"疼吗？"
"不疼，我只是总觉得很渴！"

■ 公务员："昨晚我梦见自己一直在工作。"
领导："那很好，可以算加班。"

■ 鞋店售货员："先生，穿新鞋的头几天都会有些挤脚。"
"没关系，反正我下周才开始穿。"

■ 赞普被紧急送到了医院。
护士问："您结婚了吗？"
赞普："结了，但这次的伤是车祸造成的！"

■ 卢森堡航空 707 航班正飞往维也纳。这时，机长广播说：
"现在有一个坏消息和一个好消息要告诉大家。坏消息是，本次航班被劫持了，他正和我一起坐在驾驶舱里。好消息是，他想带大家去夏威夷！"

■ 在瑞普威勒爱乐乐团音乐演奏大厅的门上有一个牌子，上面写着："狗必须留在外面！"
音乐会结束后，牌子上增加了"动物保护者"几个字。

■ 祖扎纳："今天我们去森林里散散步，并来一次野餐吧！"
塞普："嗯……但在此之前，我们会在家里吃饭，对吧？"

■ "皮蒂，你怎么两天没来学校了？"
"我们家的房子昨天被火烧了！"
"那前天呢？"
"前天在清理废墟。"

■ "你是什么时候出生的？"
"我可能不是生的，因为我只有一个后妈！"

■ "皮蒂，你为什么把你的泰迪熊放在冰箱里？"
"我希望它是一只像克努特一样的北极熊！"

■ 两个死人在墓地相遇。
"你准备去哪里度假？"
"和往年一样，去死海！"

■ 医生问新来的护士：
"你给 26 床的病人抽血了吗？"

"是的，医生，但我只抽出来六升。"

■ 女勤杂工的临终遗言："亲爱的，这条露在外面的电线是什么……"

■ 两个病人在聊天。
"上帝生病了！"
"你怎么知道的？"
"报纸上说，上帝已把克莱恩医生叫去了，他现在就在上帝身边。"

■ "被告，你为什么三次出现在那家商店的犯罪现场？"
"我给我老婆偷了件大衣，她又让我去换了两次！"

■ 马雷克向心理医生倾诉：
"我尝试过没有酒精的生活。但实话说，那是我一生中最难熬的时刻！"

■ 两个囚犯的聊天记录：
"嘿，库特里斯越狱了。"
"谢天谢地！他那把锯子发出的噪声已经让我神经紧张很久了！"

■ 妻子愤怒地对丈夫说：
"你是想告诉我，我一辈子只能穿你送我的这一件兔毛大衣吗？"
"有什么不行的，兔子不也穿了一辈子嘛！"

■ "我丈夫只是为了钱才娶我！"
"那至少说明，他知道钱的重要！"

- 丈夫："我要是死了，你不会流一滴眼泪！"
  妻子："你这个傻瓜，你知道的，我不会为每一句废话而哭泣！"

- "我听说你儿子补考也没有通过毕业考试？"
  "是的，可有什么办法呢？同一个教授，同一个教室，同一个问题，就是没过！"

- 在边境站，海关人员拦下一辆卡车。
  "车里拉的是什么？"
  "20万只牡蛎。"
  "现在就把它们全部打开！"

- 一个德国商人走进卢森堡广场银行，对银行工作人员低声地说：
  "我要存一百万欧元！"
  工作人员："您不必这样低声下气，贫穷并不可耻！"

- 两条鱼相遇了。一条刚刚被人抓住，钩子从它的嘴唇中探出头来。另一条见状打趣地说："嗯……这个被穿的孔很酷！"

- 奶奶已经上床了，爷爷还在浴室里捣鼓着。
  "阿洛伊斯，你还在那里做什么？"奶奶问道。
  "我在刷牙！"
  "噢，那顺便把我的牙也刷一下吧。"

- 弗利比特家的门铃响了。弗利比特夫人打开门，看见一个乞丐站在她面前。
  "对不起，夫人，"他说，"您可以给我一块蛋糕吗？"
  "一块蛋糕？"弗利比特夫人说，"一块面包对你来说还不够吗，先生？！"

"嗯,通常来说够了,"乞丐说,"但今天是我的生日!"

■ 法官问被告:
"你没有律师吗?"
"没有,法官,我不想请律师。"
"那是为什么?"法官追问道。
"我想说实话!"

罗马尼亚

国名全称：罗马尼亚
首都：布加勒斯特
面积：238,000 平方千米
人口：1905 万（2023 年）
官方语言：罗马尼亚语
货币：列伊（RON）
加入欧盟时间：2007 年

■ 火车穿过乡间,突然停了下来。
"发生了什么事?"乘客问。
"有一头牛站在铁轨上。"乘务员回答道。
火车司机和列车员把牛赶走了,火车继续前行。
然而,过了一会儿,火车又停了,因为一头牛又站在铁轨上了。一路上,这样的情况重复了好几次。其中一位乘客很感慨:"我的天啊,这条路上为什么有这么多牛呢?"
"不是很多牛,"乘务员说,"就是那一头牛。我们已经再次追上它了!"

■ 瓦西尔买了一个抽屉柜,回家时遇见了伊恩。
"你能帮我把这个柜子搬到九层楼吗?"
"没问题,我们现在就搬!"
经过半个小时的连续搬动,伊恩气喘吁吁地说:"瓦西尔,你去看看我们到哪一层了!"
瓦西尔回来说:
"我有一好一坏两个消息,好的是我们已经到九层楼了,坏消息是我们进错楼门了……"

■ 问:"奥尔登人出门为什么喜欢随身携带梯子?"
答:"如果他们不小心掉进坑里,可以随时爬上来。"

■ "你为什么要提出离婚?"
"我妻子比我高出一头。"
"就为这个,你认为法院会同意你的离婚申请吗?"
"当你看到她的头时也会同意的!"

■ 两个女孩一起乘火车经过一条隧道。
"这条隧道也太长了!"一个女孩说。

第二个解释说:"没什么好惊讶的,因为我们是在最后一节车厢!"

■ 一个人躺在铁轨上,痛苦地呻吟着:
"我的腿,我的腿!"
一个巡警走过来说:
"你在喊什么?你根本就没有腿!"

■ 一天,罗马尼亚一座军营的公告栏里贴出一则标语:
"酒精的杀伤力虽然缓慢,但最终总能奏效。"
就在当天夜里,有人在下面加了一句:"我们军人不怕死!"

■ "为什么你们这里的牛脖子比较长?"
"这样它们就可以去隔壁牛圈里抢食,回自己圈里慢慢咀嚼……"

■ "为什么你们这里的人睡觉前要捡两块石子儿?"
"一个用来关灯,另一个用来检查窗户是否已关好。"

■ "为什么你们这里的房子是圆的?"
"圆房子没有角落,这样就能防止有人在角落里说别人的坏话了。"

■ 喝醉酒的伊恩正沿着盘山公路往山下的家里走,这时从山上开来一辆出租车,打着双闪,亮着顶灯。伊恩招手示意,但出租车司机不但没停车,而且还不减速,唰的一下开了过去。伊恩很气愤,他抄近路跑到下一个转弯处,待出租车刚一驶近,他就拉开车门钻了进去。出租车司机脸色煞白地跟他说:"先生,你死定了!"
"为什么?"
"我的刹车坏了……"

■ 两个人正在用锯子锯一枚炸弹。
有人看见了连忙阻止说:"停!万一爆炸了怎么办?"
"不要紧,我们还有一枚。"

■ 一位男士在逛古董店。销售员向他推销一件非常有价值的古董。
"我保证,这个绝对物超所值,它至少有 3500 年的历史!"
"你以为我傻吗?现在才 2018 年!"

■ 牧羊人和他的儿子坐在山脚下看着羊群吃草。儿子抬起头看向山顶,看到一个刚刚飞上天的滑翔伞。他惊讶地说:"爸爸,快看,那个人被大鸟抓走了!"
经验丰富的牧羊人连眼皮都没眨一下,只是喃喃地嗯了一声,便把猎枪装上了子弹,瞄准、射击……
枪声过后,儿子说:
"爸爸,你没打中大鸟,不过大鸟至少放了那个人!"

■ 中尉:"布拉,什么是祖国?"
布拉:"不知道!"
中尉:"笨蛋!瓦西里,告诉他什么是祖国。"
瓦西里:"祖国是我的母亲!"
布拉:"中尉,祖国是瓦西里的母亲。"
中尉:"你这个低能儿!你的国家也是你的母亲!"
布拉:"是的,中尉,我明白了。"
中尉:"你明白了什么?"
布拉:"瓦西里是我的兄弟!"

■ 布拉和斯特鲁拉坐火车偷越边境,为了防止被发现,他们躲在两个猫笼子里。边防军来巡查的时候听到有动静,便警觉地问:
"谁在那儿?"

斯特鲁拉急中生智，学了几声猫叫。
边防军向长官报告说："没关系，少尉，是只小猫。"
可能是由于太紧张，布拉不小心撞倒了一个啤酒瓶。
边防军又问："谁在那儿？"
布拉立刻方寸大乱，回答道："也是只小猫……"

■ 在一次与德国人的战斗中，布拉躲进一个战壕。一个德国士兵跑过来，也想躲在那里。布拉为了不被发现，便伪装成对方的回声。
德国人："那里有人吗？"
布拉："那里有人吗？"
德国人："我最好往森林跑！"
布拉："我最好往森林跑！"
德国人："我要往战壕里扔手榴弹吗？"
布拉："你最好往森林跑！"

■ 老师问孩子们：
"你们知道怎么关闭电源吗？"
布拉回答说："找猪就行。"
老师不解地问："你这是什么意思？"
"每次停电，我爸爸都说'那些蠢猪又把电源关了'。"

■ 布拉和斯特鲁拉一起参加面试补考。斯特鲁拉第一个进入考场。
"第一个问题：谁是最伟大的罗马尼亚诗人？"
"米哈伊·埃米内斯库。"
"第二个问题：罗马尼亚是什么时候重新统一的？"
"1918年。"
"第三个问题：其他星球上有生命吗？"
"没人知道，因为目前还没有经过充分论证。"
"非常好！三个问题你都答对了！"

斯特鲁拉成功了。他走出考场悄悄地告诉布拉，第一个问题的答案是"米哈伊·埃米内斯库"，第二个问题的答案是"1918 年"，第三个问题的答案是"没人知道，因为目前还没有经过充分论证"。

布拉走进考场，考官问：

"你叫什么名字？"

"米哈伊·埃米内斯库。"

"你哪年出生的？"

"1918 年。"

"你这孩子脑子是空的吗？"

"没人知道，因为目前还没有经过充分论证。"

■ "今天，新老板对我说他不善言辞，所以当他用手指指我时，我就应立即去找他。"

"那你怎么说的？"

"我说我也不善言辞，如果我对他摇头，就意味着我不会去。"

■ 有一天，布拉在公园里吃糖。

一位女士走过来，对他说：

"吃太多糖对身体不好！"

布拉："您知道我爷爷去世时是多大年纪吗？"

女士："多大？"

布拉："105 岁！"

女士："那是因为他吃了很多糖吗？"

布拉："不是，他不爱管闲事。"

■ 老师问孩子们每天怎么上学。

有说坐宝马的，有说坐奥迪的，还有说坐兰博基尼……唯独布拉默不作声。

老师问："布拉，你怎么不说话，你是怎么来的？"

"我骑自行车。"

老师每天都问同样的问题,这让布拉十分沮丧。

回到家,爸爸问他怎么了。

布拉说:"我的所有朋友都乘坐豪车上学,只有我一个人骑自行车,我很尴尬。"

"傻儿子,你就不能像其他人一样撒个谎吗?"

第二天,布拉满怀信心地去上学,但路上迟到了。

老师问他:"你今天是怎么来的呀?"

"坐我爸爸新买的法拉利!"

"那你为什么会迟到呀?"

"因为……半路上车链子掉了。"

■ 布拉和斯特鲁拉一起被关进了监狱。有一天,他们终于等到了机会越狱。他们在地下挖呀挖,穿过第一道铁丝网,穿过第二道带电的铁丝网,穿过厚厚的围墙,穿过护城河……只要越过最后一个障碍,他们就重获自由了。这时布拉突然说:

"嘿,斯特鲁拉,我有点累了,咱们不如回去吧!"

■ 一位危重病人问主治医生:

"医生,天堂可以打网球吗?"

"不知道,但我可以问问主任,明天告诉你……"

第二天,医生说:"我问过主任了,他让我带给你一好一坏两个消息,好消息是天堂里可以打网球,坏消息是明天你就有一场比赛!"

■ 人类世界天天都有爆炸,吵得上帝无法入睡。上帝很生气,便派耶稣去查看是谁干的,并要求他们停止这种行为。

耶稣先来到美国,对美国人说:"你们总是到处搞轰炸,吵得我父亲睡不着觉!"

美国人说不是他们干的,让他去找俄罗斯人。俄罗斯人也说不是他们干的,让他去找罗马尼亚人。耶稣来到罗马尼亚,敲了敲布拉的门。布拉开门问:

"您有什么事吗?"

"我希望你们不要再试爆炸弹了,我父亲被吵得睡不着。"

"您是谁?"

"耶稣,上帝之子……"

布拉回过头冲屋里叫道:"伊茨克,快去找三根钉子和一把锤子,那家伙又从十字架上跑下来了!"

马耳他

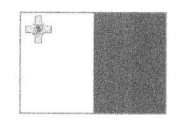

国名全称：马耳他共和国
首都：瓦莱塔
面积：316平方千米
人口：51.6万（2021年）
官方语言：马耳他语、英语
货币：欧元（EUR）
加入欧盟时间：2004年

■ 一个有钱人半夜回家,在经过一条窄路时,从对面来了一个戴面具的人。

"先生,请为慈善事业做点贡献。我在这个世界上一无所有,除了这把枪。相信你不会让我失望。"

■ 一个有钱人刚刚下葬。当所有参加葬礼的人都走了以后,死者的三个朋友——一个牧师、一个医生和一个律师仍未离去。

牧师首先说:"朋友们,我承认,我真不是个东西。我们的朋友嘱咐我把一个装有1000欧元的信封放在他的头下,但我偷走了800欧元。"

医生接着说:"我也是一个混蛋!他让我把一个装有5000欧元的信封放在他的身下,但我偷走了4500欧元。"

律师最后说:"真可耻,你们两个都不是好人!他让我把一个装有200万欧元的大袋子放在他的脚下,但棺材里没有足够的空间,所以我给他放了一张支票。"

■ 两个男孩在争论谁的父亲更好。

一个说他的爸爸很聪明,另一个说他的爸爸更聪明。

一个又说他的爸爸很高大,另一个则说他的爸爸更高大。

最后那个看起来要输的男孩说:

"好吧,下周再和你比!我妈要离婚了,我将有一个比你爸更好的新爸爸!"

■ 在一家饭店,客人很生气地说:"服务员,让你们老板过来!这块肉太硬了,根本咬不动……"

服务员:"我知道,先生,连我们老板也咬不动这块肉!"

■ "男人最喜欢哪个月?"

"2月,因为他们在这个月最多只听28或29天妻子的抱怨。"

■ 一名职业小偷，撬了一辈子的保险柜。他在临终前要求妻子在他的棺材里放一把锤子和凿子。妻子问他为什么要放这些东西，他说："如果圣彼得不让我进天堂，我就自己撬开天堂的大门。"

■ 两位老哥在街心公园聊天。
"你知道吗？我刚结婚那会儿，每次回家，老婆都会给我拿拖鞋，我的狗则上蹿下跳叫个不停。十年后的今天，情况却恰恰相反。现在每次回家，都是我的狗狗叼着我的拖鞋过来，而我老婆则在屋里大喊大叫……"

■ 客人："服务员，这威士忌酒的味道怎么像汽油一样？"
调酒师："嘘，先生，小声点！要是让我们老板听到您的话，他就会加价了！"
客人："为什么？"
调酒师："新口味当然要有新价格！"

■ 佩特拉："我和瓦塞克分手后，他每天都喝得酩酊大醉。"
雅娜："可我不认为他这是因为你而伤心，他这是在庆祝！"

■ 妻子："今晚我要杀一只兔子当晚餐。"
丈夫："为什么？"
妻子："今天是我们结婚十周年纪念日！"
丈夫："可怜的兔子！为什么它要为我十年前犯的错误付出代价？"

■ 一个苏格兰人看到外面在下雨，便打电话给孩子们：
"快，每人拿条毛巾，我们这就出去免费洗澡。"

■ 警察拦住一辆车。当他走到驾驶位一侧时，看到的不是司机，而是一条拉布拉多狗，在副驾驶位上则坐着一个人。
"您肯定疯了吧，先生！您怎么会让一条狗来开车？"
"不，不，警察先生，您误会了。是拉布拉多好心让我搭车回家！"

■ 老师："真丢人！你都这么大了，才能数到十！长大后你能干什么？"
学生："拳击比赛裁判员！"

■ 一位年轻女士开车撞上了一个年轻的摩托车手，一位站在街边的老人正好目睹了这一切。这位女士问老人是否愿意为她作证。老人对她说：
"不要告诉我您想嫁给那位年轻的先生，只是因为您撞了他。"

■ 顾客："我想给我妻子买点好东西。我们已经五年没有说过一句话了，我想让她知道，我非常感激她这样做。"

■ 两个朋友在酒吧里聊天。其中一个大声说，他一辈子都没有赞美过自己的老婆。大家看向另一个整晚都没说话的人，问他是否曾经赞美过自己的妻子。
"我不知道。我们结婚十年了，昨晚我握着她的手，足足有一个小时。"
"什么？你们那么爱对方吗？"
"不是的，如果我不握住她的手，她腾出手肯定会杀了我的。"

■ 老师："人体最重要的部位是什么？"
学生："脚，老师。"
老师："为什么这么说呢？"
学生："因为我爸爸是个鞋匠！我从他那里继承了这份基因。"

- 一位女政要在参观监狱时问一个囚犯因为什么坐牢，囚犯说："因为监狱里有很多看守，而且窗户上还有坚实的铁栅栏！"

- 英国人结婚是为了履行夫妻义务！
  法国人结婚是为了家里有一本法国菜谱！
  俄罗斯人结婚是为了有一个贫穷的伙伴！
  美国人结婚是为了有一个人可以跟他离婚！

- 一位男士去拜访他的律师朋友，他看到律师正在厨房洗碗。男士惊讶地问：
  "难道您家里没有女佣吗？"
  律师："有，不过现在她正陪我妻子打扑克呢！"

- "如果你是我丈夫，我就在你的咖啡里下毒！"
  "如果你是我妻子，我现在就喝了它。"

- 在一档讨论婚姻问题的电视节目中，主持人问一位老先生：
  "在您的婚姻生活中，您收到的最好的建议是什么？"
  "娶那个至今仍是我妻子的女孩！"
  "那这句话是谁告诉您的？"
  "我妻子。"

- 两只狮子从马戏团里逃了出来，来到了市中心广场。
  其中一只狮子说："真奇怪！"
  另一只狮子问："有什么奇怪的？"
  "今天虽然是星期天，但广场上一个人也没有！"

- 有一个人宁愿娶一个已经有五个孩子的寡妇，足见他有多么懒惰。

■ 一个精明的律师给另一个精明的律师写信：
"亲爱的同事，大事不好了！听说我们两个的客户可能要达成和解！"

■ 一个记者在大街上采访，问男士们是否愿意在公交车上为女士让座。
"先生，您乘坐公交车吗？"
"是的，几乎每天都坐。"
"如果有一位女士上了车，您会给她让座吗？"
"不会。"
"如果这位女士年老体弱呢？"
"也不会。"
"您不觉得这样很不绅士吗？"
"不觉得。"
"为什么？"
"因为我是公交车司机。"

■ 一个女孩刚开始学车。上了五节课后，父亲问她车技掌握得怎么样了。
"嗯，爸爸，我做得很好，"她回答说，"现在当我看到前面有车时，不再闭眼了。"

■ 儿子问父亲：
"警察真的去不了天堂吗？"
"为什么？"父亲问。
"嗯，因为天堂里全是好人，警察没有用武之地啊！"

■ 你知道怎么判断一个人的国籍吗？其实非常简单。如果一个男人遇到一个美丽的女孩，和她握手的就是英国人，吻她手的就是法国人，和她要电话号码的就是意大利人，告诉她自己是经理的就是马耳他人。

■ 两个相爱的年轻人一起坐在公园里。
"你会爱上一个很傻但很有钱的人吗？"
"听着，你可从来没说过你很有钱……"

■ 男人："你认为我是个白痴吗？"
女人："不。但很有可能我错了。"

■ 一个女人对另一个女人说：
"我非常喜欢的那个男人高大、优雅、风趣，且穿着得体，我一直希望我的男友能像他哪怕一点点……"

■ 一对夫妇已经结婚20年了，仍然很相爱。这是因为女人在屠宰场工作，男人在家做家务。

■ 以下是《马耳他日报》的一则新闻：
警方发现一具尸体，尸体的腹部有四颗子弹，背部中刀，脖子上套着一根绳子。警方仍在调查是否属于自然死亡。

■ 经理发现公司的一名员工总是穿着脏兮兮的鞋子、满是灰尘的夹克，系着皱巴巴的领带来上班。于是，经理把他叫到一边说："听着，我不清楚你家里到底发生了什么，但是很明显，你要么是刚结婚，要么是刚离婚，对不对？"

■ 考古学家们发掘出墓葬后，首先需要弄清楚墓的主人是男是女。
通常，他们会把头骨拿在手里，然后用锤子去敲。如果一敲就碎，说明这是一个丈夫；如果没敲碎，说明这是个妻子；如果锤子被敲坏了，则说明这是个婆婆。

■ 一个美国人到马耳他度假。他看到许多史前时代用巨石建造的寺庙。他想知道，这里出过什么伟人。他向一个正在附近田里干活的农民打听：

"先生，请问这里是否出过什么重要的人物？用我们美国话来说，就是'大'人物。"

"游客先生，我们马耳他人天生都只是当部长的料，用我们马耳他的话来说，就是'小'人物。"

■ 有两只蜗牛在一个清晨相遇。其中一只问另外一只：

"你怎么了？看上去像没睡好。"

"我昨天喝醉了，没找到家。"

■ 一个男人抱怨说，他家的电视有四个控制人——他的妻子和三个孩子。

■ 三个孩子来到店里买东西。第一个孩子想买气球。售货员顺着梯子爬到架子的顶端，把气球拿了下来。

"这个是红色的，我想要蓝色的。"

于是，售货员又爬上梯子，给他拿下一个蓝气球。

然后，第二个孩子说，他也想要一个气球。

售货员爬上梯子，他以为第二个孩子也想要一个蓝色气球，所以他拿下来一个蓝色气球。但第二个孩子说，他想要一个红色气球。售货员只好又爬上去。在下来前，他想起来问一下第三个孩子想不想要一个气球，如果想要，选哪种颜色。

第三个孩子说他不想要一个气球。

售货员只好拿下一个红气球，给了第二个孩子。

最后，他问第三个孩子想买什么。

第三个孩子回答说:"我想要两个气球。"

■ 犹太人抱怨道:
"你们基督徒几乎从我们这里偷走了一切,包括《十诫》!"
基督徒回答说:
"是的,但你知道,我们反正不会遵守的。"

葡萄牙

国名全称：葡萄牙共和国
首都：里斯本
面积：92,226 平方千米
人口：1034.2 万（2023 年）
官方语言：葡萄牙语
货币：欧元（EUR）
加入欧盟时间：1986 年

■ 一家保险公司的经理看到新员工签的第一份保险单时愣住了。他说:"曼努埃尔!你怎么能接受一个96岁的老人的人寿保单呢?"

曼努埃尔带着迷人的微笑回答说:"别紧张,老板,我在签合同之前,专门查看了统计数据,发现很少有葡萄牙人在这个年龄段死亡。"

■ 葡萄牙人曼努埃尔气喘吁吁地回到家。

"玛丽,我快累死了。我刚才在追着一辆公交车跑,但一直没有追上,就一路跑回来了。所幸我节省了一欧元。"

"曼努埃尔,你真是个白痴,"玛丽没好气地说,"你为什么不去追出租车?那样你可以节省得更多!"

■ 一位女士向朋友讲述她在购物中心的经历:

"今天我乘坐自动扶梯时,突然停电了,我不得不站在原地等了一个小时。"

"扶梯上不是有台阶吗?"朋友问道。

"是的,有啊!"

"那你为什么不坐着呢?"

■ "妈妈,帮帮我,"女儿向母亲哭诉,"维克多彻底疯了。"

"怎么回事?"

"他在家里养了50只猫。最糟糕的是,所有窗户总是关着。"

"你为什么不打开窗户?"

"不行。如果那样我养的100只鸽子就会飞走的。"

■ "看见乔了吗?"

"他住院了。"

"这怎么可能?下午我还看到他在狂欢节上和女老板鬼混!"

"是的,他老婆也看到了。"

■ 加布里埃尔对他的朋友说：
"我跑步赢了一块手表。"
"和谁比赛？"
"和表的主人以及三名警察……"

■ 苏萨先生沿着河岸奔跑，碰到一位渔夫便问他：
"您在这附近看到我的妻子了吗？"
"您妻子是金发碧眼，穿着白色上衣和绿色裙子吗？"
"没错。如果您见过她，她就应该不会走远。"
"应该是的，"渔夫说，"今天水流不太急。"

■ 一天夜里，妻子被厨房的声音惊醒，她推醒丈夫说，厨房里一定有小偷正在偷吃她烤的点心。
"不要紧，"丈夫说，"接着睡吧，明天早上我给殡仪馆打个电话，不然，我们还得把他埋在花园里。"

■ 一名政要在集会上向民众表示：
"我是阿尔维斯，我在此郑重宣布，我永远不会接受贿赂，我的这些口袋里从来没有任何非法所得！"
这时人群中有人喊道：
"嘿，这是他新买的外套！"

■ "一个为唤醒民众作出重大贡献的人就这样走了！"
"他是一位革命者或者先行者吗？"
"不，他是一个闹钟制造商。"

■ 华金正在里斯本的一座军营站岗。这时，一辆吉普车驶来。他用步枪指着司机问道：
"你知道口令吗？"

"知道!"
"好的,你可以走了。"

■ 一个葡萄牙人正兴奋地庆祝自己刚打破的纪录。妻子听到后问他破了什么纪录。
"我打破了这个拼图纪录。我只用了一年半就拼完了!"
"你是怎么知道自己打破纪录的?"
"你看,这个盒子上写着'2—4年'(本意为2—4岁)。"

■ 一位女士在打电话:
"抱歉,请问我打到哪里了?"
"这里是鞋店!"
"噢,对不起,我搞错号了。"
"没关系,您来店里吧,我们给您换号。"

■ 两个朋友正在聊天:
"报纸上说,有一个城市每半小时就有一个人被车撞。"
"啊?每半小时就被撞一次?那个人真是太可怜了!"

■ 玛丽亚半夜被孩子吵得睡不着便恳求丈夫:"费尔南德,帮我哄一下咱们的孩子吧,她有一半也是你的。"
丈夫翻了个身说:
"那就让你的那一半保持安静,让我的那一半随便吵吧。"

■ 一个爱开玩笑的人冲着公交车司机喊道:
"诺亚方舟已经满员了吗?"
"不,还没有,"司机说,"还差一头驴子,您来得正好……"

■ 华金在街上捡到一把弹簧刀。

"你确定是别人丢的吗?"他父亲问道。
"当然是别人丢的……我还看见了那个到处找它的人呢!"

■ 华金对爸爸说:"我想要一把真正的左轮手枪作为圣诞礼物。"
"什么?"爸爸问,"你是不是有病?"
"我就是想要一把真正的左轮手枪,我就是想要一把真正的左轮手枪!"小男孩任性地说。
"够了!"父亲大声呵斥说,"家里谁说了算?"
华金小声地说:"现在是您说了算,但如果我有一把真正的左轮手枪就难说了……"

■ 何塞去疯人院探望朋友。突然,一个疯子拿着刀出现在走廊里。何塞吓得赶紧逃跑,但疯子紧追不舍,并把他赶到了一个死胡同。疯子把刀架在他的脖子上说:
"刀给你,现在你来追我!"

■ 一个精神病人向护士要一块方糖。
"我已经给了你六块了!"护士说。
"是的,可它们都化了……"

■ 一位老人四肢着地,在地上边爬边寻找着什么。
杰罗尼莫路过,问道:
"您是不是丢了什么东西?"
"是的,我的太妃糖掉了。"老人说。
"您就为了一块太妃糖在地上爬来爬去?"
"我的牙齿被粘在上面了……"

■ 孙子送给奶奶一个厨房秤作为生日礼物,并问她会不会用。
奶奶不高兴地说:"我怎么可能不会用呢?你看,这不是显示正午吗？"

■ 葡萄牙人的鞋底上都写着一行字：此面朝下！

■ "为什么您总在冰箱里放一个空瓶子？"
"因为有时客人会说什么也不想喝。"

■ "葡萄牙的一个私人俱乐部管理严格，然而有一天俱乐部着火了，所有人都被烧死了。"
"为什么没有消防员救火？"
"因为消防员进不去，他们不是俱乐部会员。"

■ "为什么葡萄牙人都喜欢坐在电影院的最后一排？"
"因为常言道：'谁笑到最后，谁笑得最好！'"

■ 一个葡萄牙养路工人在公路上画线。第一天他画了十千米，第二天画了四千米，第三天只画了一千米。老板知道后问道："为什么越画越少？"
工人回答说："因为油漆桶离我越来越远……"

■ "被告，你认罪吗？"
"不，法官。"
"有人能给你做不在场的证明吗？"
"什么是不在场的证明，法官？"
"这么问吧，有人看到你作案了吗？"
"当时周围没有人，法官！"

■ 两个葡萄牙人在谈论本单位的领导力，并举例说明。
"领导，我们的档案没地方放了。可以把超过十年的文件销毁吗？"

"可以，但要记得在销毁前先把所有文件都复制一份……"

（注：巴西人和葡萄牙人经常互嘲。葡萄牙人喜欢嘲笑巴西人落后、原始、没见过世面等，而巴西人则经常取笑葡萄牙人保守、愚蠢和懒惰）

■ 一个巴西人为自己的新发明申请专利：粉状水，制作和使用简便，只需加水即可。

■ 两个醉汉路过一个湖，看见一个溺水的人面朝下浮在湖面上。其中一个说：
"看见了吧？这就是水喝多了的后果……"

■ 当酒精税上涨时，醉汉们通常会说：
"不要紧，我们会用少吃多喝的办法来抑制上涨……"

■ 两个水手在一家杂货店外商量：
"我们买两个还是三个？"
"买两个。上次我们买了三个，结果剩下一个……"
然后，他们进去对店员说：
"你好，请给我们两个牛角面包和一箱朗姆酒。"

■ 一个英国人、一个法国人和一个葡萄牙人比赛看谁能从一头牛身上挤出更多的奶。
结果，英国人挤了 30 升，法国人挤了 40 升。
葡萄牙人一滴也没挤出来，他气得大骂：
"是哪个蠢货给了我一头公牛？"

■ 一个英国人、一个法国人和一个葡萄牙人在争论世界上什么东西速度最快。

葡萄牙

英国人认为是光,而法国人认为是思想。

葡萄牙人则说是腹泻:

"当你必须'一泻千里'时,谁还有时间思考,更不要说开灯了!"

■ 南美洲的一个亿万富翁在其住所举办了一个高端派对。他对来宾说:"我们来玩个游戏吧。看到那个游泳池了吗?我在里面养了鳄鱼、食人鱼和水蛇。如果谁能毫发无损地从泳池的这头游到那头,就可以从以下三个奖项中任选其一:我住所旁边的土地、一百万美元或者我的女儿。"

他的话音刚落,就见一个年轻人以不可思议的速度从这头游到了另一头。当年轻人完好无损地从泳池里出来后,富翁立即跑过去问他想要哪个奖项。

"一会儿再说这个,"年轻人说,"首先我要找那个推我下去的混蛋算账!"

(注:在葡萄牙中西部、与西班牙阿尔加维接壤的阿连特茹地区是肥沃的农业区,同时该地区也相对落后。当地居民是许多笑话的主角,他们的主要座右铭不是"时间就是金钱",而是"时间就是时间"。葡萄牙人经常拿他们取乐)

■ "为什么阿连特茹人喜欢在有过堂风的地方看报纸?"
"因为过堂风可以帮他们自动翻页。"

■ "阿连特茹人在结束一天的工作之后首先做些什么?"
"把手从口袋里拿出来。"

■ "阿连特茹人通常会把钱藏在什么地方?"
"锄头下面,因为基本没有人去碰锄头。"

■ "为什么阿连特茹人都起得很早?"

"为了有更多的时间发呆。"

■ "为什么阿连特茹人选择摘橄榄而不是抓蜗牛？"
"因为橄榄树不会动。"

■ 一个里斯本猎人在结束一天的打猎后，走进一家阿连特茹人的酒馆。
他高兴地说："今天我打了一百只兔子、两百只鹌鹑和三百只鸫鸟。"
酒馆里的一个常客说：
"先生，你和我一样。"
里斯本人说："你也是一个猎人吗？"
"那倒不是，但我很会吹牛……"

■ 一个人头上绑着一条奇怪的围巾。
"你怎么了？头疼还是牙疼？"朋友问道。
"哦，不是，"对方回答说，"我的岳母死了。"
"那你为什么绑这条围巾？"
"为了防止我情不自禁地发笑。"

■ "妈妈，到巴西还远吗？"
"闭嘴，快点游！"

■ "你知道食人族怎么称呼伞兵吗？"
"从天而降的培根！"

■ 蒂托把他的海滨别墅借给好朋友曼努埃尔度假。假期结束后，蒂托问道："这个夏天过得怎么样？"
"棒极了，只不过有一个小问题……"

"什么问题？"
"你的鹦鹉死了。"
"天哪！发生了什么事？"
"它吃了马肉。"
"马肉？鹦鹉？"
"你的两匹马在拉水的时候累死了。"
"他们为什么要拉水？"
"为了扑灭你家里的火。"
"耶稣基督啊！"
"那是在你妻子葬礼的守夜仪式上。窗帘被蜡烛点燃了，然后房子就着火了。"
"哦，我的上帝，我妻子……哦，我的上帝！"
"有一天晚上她突然出现，我以为她是个小偷，就开了一枪……"
蒂托昏了过去。
曼努埃尔在他身边喃喃自语：
"没想到他这么爱他的鹦鹉……"

■ 一个电工进入重症监护室，对一个正使用人工肺的病人说：
"伙计，请深呼吸几口，我将不得不关闭电源几分钟。"

瑞典

国名全称：瑞典
首都：斯德哥尔摩
面积：450,000 平方千米
人口：1055 万（2022 年）
官方语言：瑞典语
货币：瑞典克朗（SEK）
加入欧盟时间：1995 年

■ 老师在批评一名偷懒的学生:
"乔治·华盛顿像你这个年纪的时候,可是全校最好的学生。"
学生说:"是啊,当他到您这个年纪的时候,已经是美国总统了。"

■ 一辆卖报纸的小车停在市政厅门口。
"号外!号外!重大丑闻!两名政客遭遇骗局!"
一个人走出市政厅,很快买了份报纸,翻了翻说:
"嘿,这里没有任何关于政客被骗的内容啊!"
"号外!号外!"报童喊道,"三名政客遭遇骗局!"

■ 火车加速驶出车站。斯文一手提着行李一手拿着大衣,在月台上试图追上火车,但为时已晚。
"你错过了火车吗?"
"不,"斯文说,"是我把它赶出了车站。"

■ 马雷夫从挪威搬到了瑞典。有一天,他和瑞典邻居打赌,看谁讲的故事最不靠谱。
马雷夫首先说:
"很久很久以前,有一个聪明的挪威人……"
"停,停,停!"瑞典人说,"你已经赢了!"

■ 贝尔托德看报纸时突然看到了自己的讣告。他赶忙给最好的朋友雅各布打电话:
"你看到报纸上有关我的讣告了吗?"
"看到了,"雅各布说,"我正在想,你到底是从哪儿打来的电话!"

■ "您好!这里是市政厅。"
电话另一端先是传来一阵杂音,然后是一个尴尬的女声:

"您那里真的是市政厅吗？"

"当然，请问您找哪位？"

"噢，不找谁。我在我老公的上衣口袋里发现了这个号码。"

■ 各路亲戚来看望刚出生的小男孩，并奉承地说：

"哇！简直和他爸爸一模一样！"

"没错，"妈妈说，"只要你把瓶子从他身边拿开，他就会吱哇乱叫。"

■ "一个人怎么才能知道自己喝醉了呢？"

"当他觉得自己很聪明，很强大，却又无法用语言来表达时。"

■ 贝尔托德喝得酩酊大醉，在回家的路上误入一个墓地，倒在一个新挖的墓穴里呼呼大睡。第二天早上醒来，他环顾四周说：

"天哪，都快中午了，我居然是第一个醒来的人！"

■ 戈斯塔带着六岁的儿子去酒吧。他点了两杯烧酒，给了儿子一杯。

儿子抿了一口说："好恶心！"

戈斯塔说："儿子，你给我作证啊，你妈还认为我是来这儿享乐的呢！"

■ 午休时间，戈斯塔在办公室一边翻报纸，一边转身对同事说：

"报纸上说戒酒可以延长寿命。"

"没错，"同事表示赞同，"上个周日我在家只喝了一瓶，我感觉那是我生命中最长的一天。"

■ 两个挪威人见面闲聊：

"你在哪儿度的假？"

"在巴登巴登（德国旅游胜地），你呢？"
"在瑞典的瑞典。"

■ 斯文森议员应邀参加晚宴，他自然成为主宾和被关注的焦点。他站起来，代表来宾向主人致答谢辞：

"晚餐棒极了。事实上，我吃得非常饱，如果再多吃一点，我就说不出话来了。"

这时，从桌子尽头传来一个声音：

"那就再给他加一块饼干！"

■ 一个精神病人要求出院。
医生问："什么理由？"
"我得到了一份工作。"
"在哪里？"
"在议会众议院。"
"你这种情况不需要办出院，直接转到众议院就行。"

■ 一位女士问一个男孩：
"你叫什么名字？"
"斯文。"
"你多大了？"
"八岁。"
"你爸爸叫什么？"
"不知道。"
"你都八岁了，还不知道你爸爸的名字？"
"那又怎么样？我妈已经30岁了，她都不知道我爸的名字。"

■ 一只母鸡来到杂货店。
"您好！我想买一个装鸡蛋的盒子。"

"您想用它做什么？"售货员问。
"我准备带孩子们去度假。"

■ 一位男士在葬礼上表示：
"我希望能像我父亲一样在睡梦中平静地死去，而不是像他的乘客那样，在尖叫、恐惧和惊慌失措中死去。"

■ 一个高尔夫球员打出一个老鹰球。接着，一个精灵出现在他面前说：
"因为你刚刚一杆进洞，所以我可以实现你的三个愿望。不过，你的妻子总会比你多得到一倍。"
高尔夫球员首先说要一辆奔驰，他的妻子便得到两辆奔驰。然后，他说想得到一百万，他的妻子得到了两百万。最后，他经过深思熟虑后说：
"我希望来一次小小的心脏病发作……"

■ 两个挪威人聚精会神地看着天上的满月，其中一个说：
"月亮上好像住满了人。"
另一个说："可是再过两周，新月来临时，那里将会多么拥挤啊！"

■ 疯人院的病人每周可以给家里写一封信。
本特给他的妻子写道：
"我们有一个带跳水板的游泳池。大家真的很享受，每天都争先恐后地去跳水、潜水。不过，真正的好日子要从下星期开始，因为那时他们才会往池子里放水。"

■ 一个绅士的两只耳朵都被烫伤了。朋友问他怎么搞的。
他说："我正在熨衣服，突然电话响了，我把熨斗当成了电话……"

"那另一只耳朵是怎么回事?"

"我想打电话给急诊室。"

■ 七岁男孩对爸爸说:

"记不记得您答应过我,如果我拿到好成绩,您就给我50克朗?"

"当然。"

"那今天您一定会很开心,因为我给您省钱了。"

■ "如果一个女巫、一个巨魔、一个聪明的挪威人和一个瑞典人比赛看谁能先从埃菲尔铁塔上下来,女巫骑着扫帚飞下来,巨魔一跃而下,聪明的挪威人选择坐电梯,瑞典人则走下楼,请问,谁赢了?"

"瑞典人。因为女巫、巨魔和聪明的挪威人都是虚构出来的。"

■ 一群挪威人要测量一根旗杆的高度,但没人知道该怎么做。一个人提议说:"我们可以一个人踩着另一个人的肩膀,爬上旗杆顶端,看需要多少人。"大家都觉得这是个好主意,便立即照做。这时,一个瑞典人走过来对他们说:"你们把旗杆放倒,不是更容易测量吗?"

所有挪威人听后都哈哈大笑地说:"别不懂装懂!我们测的是高度,不是长度!"

■ "如何击沉一艘挪威潜艇?"

"游到水下,用力敲……"

"如何击沉一艘丹麦潜艇?"

"游到水下,用力敲……潜艇门打开,里面有人说:'我们不像挪威人那样蠢……'"

"如何击沉一艘瑞典潜艇？"
"雇一个挪威船员……"

■ "一个女孩成熟的标志是什么？"
"一年前，她会花一个小时站在镜子前，抱怨说没什么衣服可穿。现在她只花10分钟就高兴地出门了，而且还会说：'管它呢，心灵美才是真的美。'"

■ 一对恋人一边喝咖啡一边聊天。
男孩："派对结束后我们去哪儿？"
女孩："找个可以独处的地方。"
男孩："太棒了！"
女孩："走啊！各回各家独处吧！"

■ 一个年轻人对他的心上人说：
"今晚我们可以度过一个美好的夜晚，我有三张音乐会的门票。"
"为什么要买三张？"
"一张给你爸，一张给你妈，一张给你妹妹。"

■ 我们建议，要始终拿出100%的劲头来工作：
周一12%；
周二23%；
周三40%；
周四20%；
周五5%。

■ 彼得森想买一辆车。他到车行问：
"这辆绿色福特多少钱？"
"30,000克朗。"售货员回答说。

"嚯！那辆蓝色萨博呢？"
"58,000 克朗！"
"嚯……嚯！那这辆红色宝马呢？"
"这个嘛，差不多是嚯……嚯……嚯……嚯！"

■ 剧院老板是个有名的吝啬鬼，但他的演员却恰恰相反。
一天演出前，女演员对他说：
"我不管，第一幕结束时，我一定要喝一杯真正的香槟。"
"没问题，"老板说，"但条件是，你要在最后一幕结束时喝下真正的毒药。"

■ 一位年长的植物学教授向年轻的同事们传授经验：
"记住，当你们带学生外出实地考察时，一定要走在学生的前面。这样，你们就可以把每一种不认识的植物踩在泥里。"

塞浦路斯

国名全称：塞浦路斯共和国
首都：尼科西亚
面积：9251平方千米
人口：91.8万（2021年）
官方语言：希腊语和土耳其语
货币：欧元（EUR）
加入欧盟时间：2004年

■ 一位律师对他年轻而美丽的秘书说:
"小姐,因为你,我一晚上都没睡好觉!"
"哦,先生,真是为了我?"秘书红着脸问道。
"是真的。我整晚都在批改你昨天为我准备的成绩单上的错误!"

■ 一对苍蝇父子落在一个完全秃顶的男人头上。
"儿子,"父亲唏嘘道,"没想到环境恶化得如此严重!当我在你这个年纪的时候,我们站着的地方还像一片密不透风的森林!"

■ 一位女士带着她的儿子乘坐公交车。检票员前来查票时,这位女士只出示了一张票。检查员便问孩子:
"小朋友,你多大了?"
"五岁!"
"那你什么时候满六岁?"检查员再次问道。
男孩骄傲地看着他的母亲,然后说:
"我们下车的时候!"

■ 一位传教士在非洲丛林深处遇到当地一位巫师,见他正用力敲打着手鼓,便上前问:
"您为什么这么卖力地敲鼓?"
"因为我们停水了!"巫师回答说。
"那您是在祈雨吗?"传教士再次问道。
"不,我只是在呼叫水管工!"

■ 约翰路过一栋房子时,听到里面有个孩子在哭。他透过窗户看到一个母亲正用一个法棍面包打她的儿子。第二天,他再次经过房子时又听到了哭声,他往里一看,又看到那个母亲在用法棍打她的儿子。就这样,他每次经过那个房子都会看到同样的画面。但在第五天，情况发生了变化，他看到那个母亲用蛋糕打了她儿子的头。他忍不住上前询问：

"今天发生了什么事？面包吃完了吗？"

"不，"女人回答说，"今天是我儿子的生日！"

■ 两个老太太在交谈。

"还记得我们年轻的时候，我们多么希望能像碧姬·巴铎一样。我们用了大半生的时间，现在终于做到了。"（注：碧姬·巴铎是法国性感女星）

■ 两兄弟一起玩雪橇，妈妈叮嘱他们要轮流玩。

"妈妈，我们就是这样做的，"哥哥向她解释说，"下坡时是我坐，上坡时是弟弟坐。"

■ 小托马斯向上帝祈祷：

"主啊，请让米兰成为意大利的首都吧。"

"为什么，宝贝？"妈妈问道。

"因为我在地理考试卷上是这么写的。"

■ "老师，我因为有没做的事而受到惩罚，这样对吗？"小托马斯问道。

"当然不对！"老师回答说。

"那太好了，我没有做作业！"

■ 托托斯哭着从学校回到家。

"怎么了，你为什么哭？"母亲问他。

"老师打了我一巴掌。"

"究竟为什么？"

"嗯……因为我回答了一个别人无法回答的问题。"

"什么？他没有表扬你，反而打了你一巴掌？那究竟是什么样的问题？"

"谁打破了窗户？"

■ 老师给孩子们布置的家庭作业是造三个句子。托托斯回到家，问母亲："妈妈，您能告诉我一个句子吗？"

"现在不要打扰我。"

托托斯认真地写下这句话，然后又去找哥哥。

"哥哥，你能跟我说一句话吗？"哥哥正沉浸在电脑游戏中：

"我是蝙蝠侠，蝙蝠侠，蝙蝠侠！"

最后，他去找爸爸，爸爸正在打电话。

"爸爸，您能说一句话吗？"

"谁？那个秃头的胖子？"

托托斯仔细地记录了下来。

第二天，老师问他：

"托托斯，你写好三个句子了吗？"

"是的，老师！"

"好，念给我听听。"

"现在不要打扰我。"

"托托斯，你在搞什么？"

"我是蝙蝠侠，蝙蝠侠，蝙蝠侠！"

"托托斯，立即停下来，否则我们就去找校长！"

"谁？那个秃头的胖子？"

■ 一个金发美女和一个红发美女在一起喝咖啡。

"姐妹，你都想象不到昨天我遇到了什么事！"红发美女说。

"快告诉我！"金发美女很想知道。

"我在商场乘坐电梯时，电梯坏了！我被困在里面三个小时，直到有人把我救出来！"

"这不算什么,"金发美女说,"我上周在商场坐自动扶梯时,它也坏了!我不得不在上面站了六个小时,直到它被修好!"

■ 一个金发女郎来到图书馆,对管理员说:
"上周我从你们这里借了这本书。这是我读过的最无聊的书!完全没有情节,只有非常多的人物。"
"哦,小姐,这是我们的电话本!"

■ "医生,我当时真的很痛苦,想自杀。我准备吞下一千片阿司匹林。"
"那后来呢?"
"在我吃了前两片后,我开始感觉好多了。"

■ 一个小男孩正费力地推着一辆沉重的手推车上坡。一个路人怜悯他,帮他把车推到了坡顶。当他们停下来后,路人愤怒地告诉孩子:
"你应该告诉你的父母,让你做这么辛苦的工作是一种耻辱。"
"我已经告诉他们了,先生。"
"那他们说了什么?"
"年轻人,总有几个混蛋会来帮你。"

■ 耶稣被钉在十字架上,他呼唤彼得:
"彼得,到我这儿来!"
彼得没有丝毫犹豫,就去找他的主,但卫兵抓住了他,并为彼得的这一行为砍掉了他的右手。一会儿,耶稣又说话了:
"彼得,到我这里来!"
彼得仍然丝毫没有犹豫,去找他的主,卫兵再次抓住他,砍掉了他的左手。
过了一会儿,耶稣又呼唤道:

"彼得,到我这里来!"

彼得再次奋不顾身地赶来,守卫砍掉了他的右腿。

一段时间后,耶稣最后一次呼唤他的门徒:

"彼得,到我这里来!"

这一次,守卫认为彼得只有一条腿,也干不了什么坏事,就让他过去了。

然后,耶稣指着前方说:

"彼得,看看这里的景色,多美啊!"

■ 森林里有传言说,一只熊已经列出了一个它计划在一个月内吃掉所有动物的清单。老虎听到这个消息后,立刻亲自去找熊。

老虎:"告诉我,小熊,你在笔记本上列出了一个月内决定要吃的所有动物,这是真的吗?"

熊:"是真的。"

老虎:"那么,我在名单上吗?"

熊:"记不清了,等等,我得看看。"

熊拿出笔记本翻了翻,然后说:

"是的,你在名单上。你还不快跑吗?"

老虎:"哈哈哈,太可笑了,你打算怎样吃掉我啊?"

熊:"就像这样……"话音刚落,熊就像吃树莓一样把老虎吃掉了。

狮子听说后,立刻去找熊:

"你好啊,熊先生。"

熊:"早上好,陛下。"

狮子:"有传言说,你列出了这个月打算吃的所有动物的清单。"

熊:"这不是谣言,是事实。"

狮子:"那我在那个名单上吗?"

熊:"记不清了,等等,我得看看。"

熊拿出笔记本翻了翻,然后说:

"是的,你在名单上。"

狮子:"哈哈哈,太可笑了,你打算怎样吃掉我啊?"

熊:"就像这样……"话音刚落,熊就又像吃树莓一样把狮子吃掉了。

河马得知此事后,也立刻去找熊。

河马:"告诉我,小熊,你把你想在一个月内吃的所有动物都列了出来,这是真的吗?"

熊:"是真的。"

河马:"你没有把我列在里面,对吗?"

熊:"记不清了,等等,我得看看。"

熊拿出笔记本翻了翻,然后说:

"不对,你在名单上。"

河马:"哈哈哈,太可笑了,你打算怎样吃掉我啊?"

熊:"就像这样……"话音刚落,熊再次像吃树莓一样把河马吃掉了。

兔子得知此事后,也毫不迟疑地去找熊。

兔子:"告诉我,小熊,你把你想在一个月内吃的所有动物都列了出来,这是真的吗?"

熊:"是真的。"

兔子:"我在那个名单上吗?"

熊:"是的,你也在名单上。"

兔子:"那请你把我的名字从名单上划掉好吗?"

熊:"当然,没问题!"

■ 一个牧师和一个和尚站在公路边,手里举着一条横幅,上面写着:末日将至,在为时已晚之前,请改变你所走的路吧。

第一辆车驶过,司机从车窗里探出头来,大声喊:"去死吧,你们这两个疯子!"然后他猛踩油门呼啸而过。不到五秒钟,只听一阵刺耳的刹车声,然后是可怕的撞击声。这时牧师转身对和尚说:"伙计,我们是不是应该这样写:注意,前方桥塌了?"

■ 伊诺克的十条戒律:
1. 活着就是为了休息。
2. 爱你自己的床,这是你的寺庙。
3. 帮助你所看到的每一个休息的人。
4. 整天休息,以便晚上能睡得更好。
5. 工作是神圣的,不要触碰它。
6. 能在后天做的事,就不要明天做。
7. 尽量少工作,剩下的就交给别人吧。
8. 保持冷静!没有人会在休息时死亡,但你可能在工作中伤害自己。
9. 如果工作的冲动占了上风,那就打个盹儿,以便休息能再次超越它。
10. 不要忘记,工作意味着健康,所以把它留给病人吧!

(注:庞蒂克希腊人最初居住在黑海东南部和东北部地区,后来移民到希腊和塞浦路斯。他们的性格、习俗和语言较为独特,是许多轶闻趣事中的主角)

■ "为什么庞蒂克希腊人在睡觉前要在床头放一个装满水的杯子和一个空杯子?"
"以防他们要么口渴,要么不渴。"

■ "为什么庞蒂克希腊人要到屋顶说话?"
"因为他们希望进行高层对话。"

■ "为什么庞蒂克希腊人要穿尖头鞋?"
"为了踩死角落里的蟑螂。"

■ 一个庞蒂克希腊人走进电梯,看到一个标志,上面写着:限乘四人。

"我哪有时间等待其他三人!"他咕哝着,走出电梯爬楼去了。

■ "为什么那个年轻的庞蒂克希腊人要爬树?"
"为了选择一个正确的研究分支。"

■ 一个人不小心把50元纸币掉进了下水道,他一着急因心脏骤停而死。另一个人跳进下水道寻找,结果因窒息而死。第三个人在下水道里找到了那50元,结果乐极生悲,给高兴死了。

■ 一个英国人、一个法国人和一个庞蒂克希腊人被带去处决。
"我们能满足你们的唯一愿望是,你们可以选择死的方式……"
"法国人,你喜欢坐电椅还是上断头台?"
"断头台。"法国人用颤抖的声音回答道。于是刽子手把他放在断头台上,在断头台的刀刃即将落下的那一刻,机械却卡住了,处决被中断。刽子手们认为这是上帝的旨意,于是他们饶了法国人的性命。

"我也想上断头台。"英国人说。这次刀刃又卡住了,他也保住了一条命。

最后轮到庞蒂克希腊人了。

"我更喜欢电椅,因为就我所知,这个又老又旧的机器根本不能用!"

■ "你能想象吗,爸爸?我的岳母前天在徒步旅行时竟然被蛇咬了。"
"不会吧,真的吗?是致命伤吗?"
"是啊,(那条蛇)几乎立刻就没命了!"

■ "你知道吗？当有人撒谎时，公鸡就会打鸣。"
"那它们为什么在早上打鸣？"
"因为印刷报纸的时间到了。"

■ 一个年轻人往父亲的办公室打电话。
"爸爸，我有一些好消息和一些坏消息要告诉您。"
"听着，孩子，我现在非常忙，我没时间陪你玩。快告诉我好消息，回家后再告诉我坏消息。"
"好的，您的奔驰车的安全气囊工作得很好！"

■ 苏格兰报纸上的一则广告：
"一个没有左脚的残疾人希望遇到一个没有右脚的人，这样他们就可以一起买一双鞋——42码。"

■ 一位男士从牙医那里回来，告诉老婆，牙医拔掉了他的两颗牙。
"为什么拔两颗？"妻子问道。
"因为他没有50欧元找零！"

■ 两只饥饿的猫在老鼠洞前徒劳地等了几个小时，但没有一只老鼠敢把鼻子探出来。
一只猫突然灵机一动，开始连续学狗叫。这时，一只老鼠从洞里爬了出来，猫立即跳上去抓住了老鼠。
老鼠惊讶地说道："我明明听到的是狗的叫声。"
"是的，亲爱的，现在大家出来混，至少得懂一门外语吧！"猫得意地说。

■ 一个窃贼闯入一幢房子，劫持了一对老夫妇作为人质。他打算杀掉两人中的一个。
在最终决定杀掉哪一个之前，他先问老妇人："你叫什么名字？"

"伊日娜。"

"真的吗?"窃贼疑惑道,"这正好是我母亲的名字啊!你别怕,我不会伤害你。"

然后他又问老男人:"那你呢,你叫什么名字?"

"我是阿洛伊斯,但大家都叫我伊日娜!"

斯洛伐克

国名全称：斯洛伐克共和国
首都：布拉迪斯拉发
面积：49,000 平方千米
人口：546 万（2022 年）
官方语言：斯洛伐克语
货币：欧元（EUR）
加入欧盟时间：2004 年

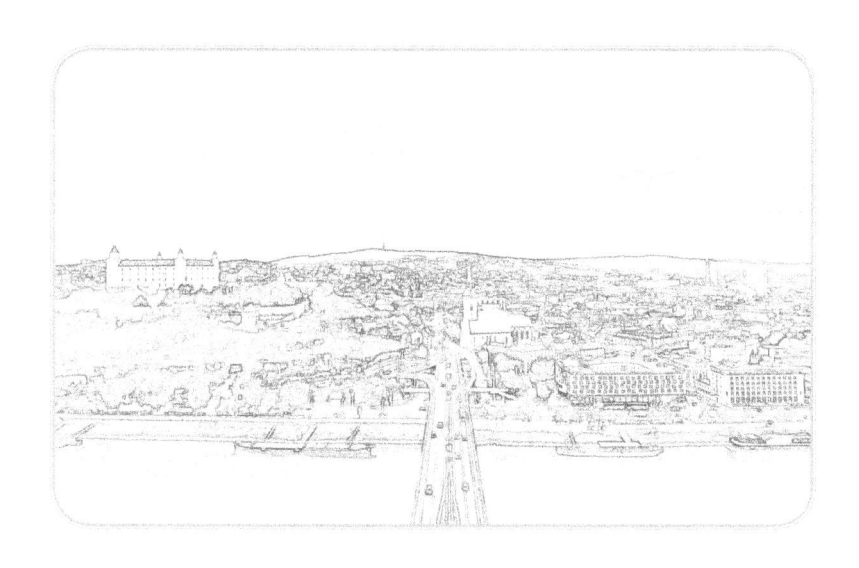

■ 一只野兔溜进火车上的一个包厢。它环顾了四周，看没人注意到它，于是它就大声说：

"你们中间有人敢挑战我吗？"

大家都不说话。野兔又说：

"没人敢！很好，那你们每人给我一欧元。"

野兔接着走进第二个包厢，又以同样的方式向每个人收了一欧元。就这样，它一路来到最后一节车厢。当它又问是否有人敢于挑战它时，一个高个子的大力士站起来十分自信地说："我敢！"

这时野兔身后突然站出一只熊，它说：

"好吧，老兄，那你就交十欧元，其他人交一欧元。"

■ 父子对话：

"爸爸，您知道吗？女人比男人更会开车。"

"不可能，谁告诉你的？"

"我记得您说过，您不能拉着手刹开车。"

"那又怎样？"

"可是妈妈能做到。"

■ 一架小型飞机的两台发动机都起火了，乘客陷入巨大的恐慌中。这时，飞行员背着降落伞走到乘客中间说：

"大家别担心，我这就去找救援。"

■ 法官问原告：

"您指控被告叫您白痴？"

"是，他间接地表达过。"

"您这是什么意思？"

"他说，就智商而言，我们完全一样。"

■ 一个漆黑的夜晚，一位男士问过路的一个行人：

"您在附近看到警察了吗？"

"没有，这附近连个会喘气儿的都没有！"

"很好，那你看见我的手枪了吗？现在把你的钱包给我！"

■ 一个人半夜跑到精神病院，一边敲门一边大喊：

"让我进去！我疯了！"

门卫睡眼惺忪地从门缝探出脑袋骂道：

"现在才半夜两点半！你这个疯子！"

■ "我儿子简直就是个天才！"费罗吹嘘道，"他才三岁，就已经会读书、写字、画画、弹钢琴了。"

"我儿子更厉害，"米索说，"他只有三周大，就已经知道生活之艰难、物价之昂贵、税赋之高昂、未来之不确定了。"

"真的吗？你怎么知道的？"

"因为他一直在哭。"

■ 一个阿拉伯酋长的儿子在斯洛伐克上学。一个月后，他写信给家里："斯洛伐克很美，人民很友好，我非常喜欢这里。只是，有时我会觉得有点惭愧。因为当我开着镀金奔驰到学校时，刚好会碰到我的教授从电车上下来。这非常令人尴尬。"

几天后，他收到一张一百万美元的支票，另附有他父亲的留言：

"不要丢我们的脸，你也去买一辆他那样的电车。"

■ 老师对学生说，谁答对了她的问题，谁就可以一周不用上学。

她问："天上有多少颗星星？"

没人知道。

"海洋里有多少水？"

也没人知道。

类似的问题一个接一个，就连全班最聪明的学生伊维特卡也答不出来。于是她灵机一动,掏出一包零食扔向老师。
老师一惊,大声问道:"谁干的?"
"是我,伊维特卡!哈哈,我答对了,下下周见!"

■ 客人对服务员说:
"你们就不能把鸡多烤一会儿吗?"
"先生,您是觉得鸡没有烤熟吗?"
"你说呢?你没看见它把我盘子里的土豆都吃光了吗?"

■ "听说你和老婆又因为度假的事吵架了?"
"是的。"
"究竟是为什么呀?"
"我每年都想去加那利群岛,而她每年都非要跟我一起去。"

■ 晚上六点,一名程序员准备离开办公室时正好遇见老板。
"这么早就走?你是打算请半天假吗?"
"不是的老板,我只是去吃个午饭。"

■ 一个人住在七楼,有一天晚上他喝得烂醉,回到家向妻子抱怨:
"亲爱的,你能想象吗?我是一步一步爬上来的。"
"啊?你为什么不坐电梯?"
"因为电梯一直被人占着。我每爬一层都摁一次,但里面总有人,不让我进,还把我臭骂了一顿。"

■ 一位父亲训斥他 17 岁的儿子:
"你这混蛋,不好好学习,整天就知道追女孩。"
"但是爸爸,不是这样的。"
"你还敢顶嘴!这里谁是爸爸,你还是我?"
"都是,爸爸,都是。"

■ 妈妈对女儿说:"我不想让你和米尔科一起骑摩托车出去玩。万一他把你带到森林里并向你提出非分要求,而你不愿答应他,他完全可能把你丢在那里,到时候你怎么办?"

"哎呀,妈,"女儿反驳说,"在此之前,您见过我一个人步行回过家吗?"

■ 米索来到停车场,发现自己的车被撞了,雨刮器后面还有一张字条。上面写着:

"非常抱歉,我撞坏了你的车。当我在写这张字条的时候,大概有12个人在看着我。他们可能以为我在写我的名字、电话、电子邮箱和身份证号码。但其实不是……"

■ 一对夫妇挨家挨户为一家养老院筹款。
他们按响了一户人家的门铃,一个中年男子出来开门。
他们做了自我介绍并问道:
"您能支持我们一下吗?"
"那当然,"男人转身向屋里喊道,"玛丽,你的母亲还在养老院吗?"

■ 一个学生参加面试。他从教授手里抽出一道题,看了看后满脸忧愁地问:

"教授,我可以再抽一个问题吗?"教授心情很好,同意了。
可是,学生就这样反复抽了十次。
教授终于失去了耐心:
"你干脆告诉我你会什么,直接答得了。"

■ 一个学生参加面试。老师对他的表现十分不满,没有给他打分,而是在试卷上写了大大的"笨蛋"二字。
学生拿着试卷走出考场后又折返回来说:

"教授，您没有给我打分。"
"我已经对你作出了客观的评价，再见。"
"不，您并没有给出对我的客观评价，您只是签了自己的名字。"

■ 两只海龟相遇，但其中一只没有壳。
"你怎么了？让人煮啦？"
"什么话！我不过是离家出走而已。"

■ 一个居住在斯洛伐克的美国人在日记中写道：
"周一，在斯洛伐克东部与朋友喝酒。周二，今天差点喝死。周三，今天又要和斯洛伐克人喝酒。周四，真后悔周二那天没喝死。"

■ 两个朋友见面闲聊：
"你在空闲时都干点什么？"
"什么也不干，无聊得很。"
"那你加入我们的合唱团吧。每天抽烟、喝酒、打牌。"
"请问，你们什么时候唱歌？"
"回家以后。"

■ 一个人走进酒馆问服务员：
"昨天晚上我来过这儿吗？"
"是的，你来过。"
"我的工资一次全给喝光了？"
"没错。"
"噢，谢天谢地！我还以为我把工资弄丢了呢。"

■ 两个老家伙在酒馆里闲聊：
"昨天我和妻子讨论了关于人生的严肃问题。"
"什么问题？"

"安乐死。"
"你是如何评论这个重要话题的?"
"我说,我不希望她让我活在一个依赖机器和液体食物的状态下。"
"那她说什么?"
"她立马起身,关了电视和冰箱,并且把我的啤酒都倒进了马桶。"

■ 诺瓦克先生又一次醉醺醺地回到家,刚进门就扯着嗓子叫:
"我说老婆子呀,电视里放的是什么啊?丑死啦!"
"你脑子进水了吧!那不是你在照镜子吗?"

■ 希科尔卡先生虚心求教他的酒友:
"你每天晚上是怎么做到顺利回家的啊?我家那位每次都会把门摔在我脸上,让我睡走廊。"
"我家那位以前也这样。后来我从女人的天性出发,想出了一个绝招。简而言之,就是当我回到家时,先在走廊脱光衣服,然后再去按门铃。老婆一开门,我就把衣服扔进去。你知道女人都怕丢人,也就让我进去了。"
"妙!太妙了!我要向你学习,现在让我们为这个绝招好好干一杯。"
当然,他可不止喝了一杯。直到酒馆关门,他才跟跟跄跄地去执行他的计划。
他来到门口,脱光衣服,但怎么也找不到门铃。于是大喊:
"老婆,快开门!"
门开了,他把所有的衣服都扔了进去。但就在他准备进门时,里面传来一个熟悉的声音:
"车门即将关闭,请您停止上下车!"

■ 诺瓦克先生十分怕老婆,这辈子只有一次回家晚了。那是凌晨三点,他悄悄摸回家,蹑手蹑脚地走进卧室,正准备上床,墙上的布谷鸟闹钟突然叫了三声。诺瓦克夫人险些被惊醒,在床上翻了个身。诺瓦克先生急中生智,学着布谷鸟又叫了八声。

第二天一早,诺瓦克夫人就把他推醒:

"亲爱的,快起来,把闹钟拿去修一修。"

"为什么?"

"肯定是坏了。昨天夜里我醒来,先是听见布谷鸟叫了三声,然后听到它说了句'见鬼',接着又叫了八声。"

■ 两个人在酒馆喝酒。

"伙计,为什么喝这么多,有什么伤心事吗?"

"唉,别问了,"对方慢悠悠地回答,"我被炒鱿鱼了。"

"为什么?"

"因为我反应太慢。"

"你原来在哪儿工作?"

"动——物——园,我是个……饲养员。"

"我还是第一次听说饲养员因为反应慢被解雇。你慢到什么程度?"

"我打开笼子给乌龟喂食,结果里面的乌龟全跑了。"

斯洛文尼亚

国名全称：斯洛文尼亚共和国
首都：卢布尔雅那
面积：2.03万平方千米
人口：211万（2022年）
官方语言：斯洛文尼亚语（在有匈牙利和意大利少数民族居住的边境地区，亦分别使用匈牙利语和意大利语）
货币：欧元（EUR）
加入欧盟时间：2004年

■ 两个年轻人闲聊：
"你怎么判断两个人是一对已婚夫妇？"
"看他们是否对同一个孩子大喊大叫。"

■ "如果一个男人娶了一个美丽、聪明、浅头发的女人，他会怎么样？"
"他应该坐牢。因为我们国家不允许一个男人同时与三个女人结婚。"

■ 穆乔走进酒馆，看到哈斯垂头丧气地坐着喝酒。他上前问道：
"哈斯，最近怎么样？"
"不怎么样！我母亲今年6月去世了，给我留下1万欧元。"
"哦，太不幸了，节哀顺变！"
"接着，我父亲在7月也离世了，给我留下了2万欧元。"
"你父亲也去世了？噢，这太令人难过了……"
"然后，我姨妈在8月去世了，给我留下了3万欧元。"
"三个月内你有三位家人离世！我太能理解你的悲伤了。"
"可不是嘛！这个月倒是什么都没有发生，我也就一分钱都没得到。"

■ "为什么斯洛文尼亚禁止人们跳入游泳池？"
"因为意大利人不喜欢水溅到他们身上。"（注：斯洛文尼亚与意大利是近邻）

■ 三位斯洛文尼亚妇女在相互交流其婚后的智慧和生活经验。
第一个说："好老公是教出来的。比如我要求丈夫自己熨衬衫。第一天，我没看见他熨；第二天，他不得不穿着皱巴巴的衬衫上班；第三天他就自己把衬衫熨平了。"
第二个补充说："没错。好老公是练出来的。我让他自己洗衣服。

第一天,我没看见他洗;第二天,他不得不穿着脏衣服上班;第三天,他就学会自己洗衣服了。"

第三个说:"对,好老公是逼出来的。我让他自己做饭。第一天,我没看见他做;第二天,我还是没看见他做;直到第三天,我才勉强睁开了我的右眼……"

■ 波斯尼亚战争期间,穆乔和他的母亲逃难到了斯洛文尼亚。在那里,他交了一个朋友,他们经常一起在小区里玩耍。

一天,一个男孩的母亲在阳台上喊:"弗兰克,别在地上打滚,你会把新外套弄脏的!"

过了一会儿,另一个女人也走过来骂她的孩子:"约瑟,快从滑梯上下来,你会把新裤子弄坏的!"穆乔的妈妈也对她的儿子说:"穆乔,别使劲跳,你会感冒的!"

■ 你知道波斯尼亚、黑山和斯洛文尼亚的女人是怎么藏私房钱的吗?

波斯尼亚女人把钱藏在书里,因为波斯尼亚男人从来不读书。

黑山女人把钱藏在铁锹下面,因为黑山男人从来不干活。

斯洛文尼亚女人则把钱放在桌子上,并对男人说:"有种就拿去!"

■ 斯洛文尼亚政府计划修一条隧道,来自法国、意大利和波斯尼亚的三家公司来投标。

法国公司首先介绍他们的施工方案:"我们将派两组人分别从山的两边向中间钻探,当两组人相遇时,误差不会超过一米。"

接着,意大利公司介绍说:"我们将派两组人分别从山的两边向中间钻探,当两组人相遇时,误差不会超过半米。"

最后,波斯尼亚公司承诺说:"我们将派两组人分别从山的两边向中间钻探,如果上帝保佑,两组人会在中间相遇。但如果没有相遇,你们将以修一条隧道的钱,得到两条隧道。"

■ 一家斯洛文尼亚鞋厂派两名推销员到非洲开发业务。一个月后,他们分别向工厂发回了报告。
第一个人写道:"向非洲出口鞋子的机会几乎为零,因为这里的人都打赤脚!"
第二个人写道:"向非洲出口鞋子的前景非常好,因为这里的人都打赤脚呢!"

■ 有一个年迈的农民,其唯一的儿子因谋杀罪入狱。春天来了,他看着田里的地发愁,于是写信给儿子:
"亲爱的儿子,我孤苦无依,干不了田里的活儿了。我只能把花园的地翻一翻种点土豆。真希望你能帮帮我。父亲。"
儿子收到信后立即回了一封信:
"亲爱的父亲,千万别在花园里乱挖。我把尸体埋在了那里。请原谅我!你的儿子。"
第二天一早,老农民发现,院子里来了一众警察,把花园的每一寸土都翻了个遍,但什么也没找到。
第三天,老农又收到一封信:
"亲爱的父亲,现在你可以去种土豆了。希望我已经帮到了你。这是我现在唯一能为你做的事情。爱你的儿子。"

■ 2008年选举后,一个人打电话到总理办公室。
"你好!我可以和总理说话吗?"
秘书回答说:"您说的总理现在已不再是总理了。"
第二天,这个人又打来电话问:"我可以和总理通话吗?"
秘书再次回答说:"我告诉过您了,您说的总理已不再是总理了。"
第三天,这个人再次打电话,问了同样的问题。秘书很不高兴,但还是礼貌地回答：

"我已经告诉过您了，您说的总理已经不再是我们的总理了！"

"是的，您告诉我了，但听到这个消息感觉真是太好了！"

■ 一名军医正在征兵站为一名准备应征入伍的年轻人进行体检：

"你读一下黑板上的数字。"军医说。

年轻人迷惑地环顾房间："什么数字？哪儿有黑板？"

医生在他的体检表上写道：不适合服兵役，几近失明。

同一天下午，这名军医在电影院恰好又遇到了那个年轻人。他惊讶地问：

"你在电影院里做什么？你不是什么都看不到吗？"

"电影院？什么电影院？这难道不是开往马里波尔的公交车吗？"

■ 奄奄一息的斯坦纳把儿子叫到床边说："在我临死之前，我要告诉你一个天大的秘密：葡萄酒也可以用葡萄来酿造。"

儿子难过地说："我想父亲真的不行了，他已经开始说胡话了！"

■ 一个斯洛文尼亚人去商店买卫生纸。

"请给我拿一提卫生纸！"

售货员问："白色的还是印花的？"

"印花的吧，耐脏。"

■ "斯洛文尼亚人是什么时候学会游泳的？"

"大概在1300年前，从那时起政府就开始收取过桥费了。"

■ "为什么斯洛文尼亚人的家门上有两个窥视孔？"

"上面的用来看是谁来了，下面的用来看他带了什么。"

■ "为什么斯洛文尼亚人喜欢收集烧坏了的灯泡？"

"因为它们白天是好的。"

■ 一个斯洛文尼亚人问他的朋友：
"如果你有三套房，会给我一套吗？"
"当然会！"朋友坚定地点头。
"那如果你有三辆车，会给我一辆吗？"
"没问题！"
"如果你有两件衬衫，会给我一件吗？"
"这个不行。"
"为什么？"
"因为我的确有两件衬衫，不是如果……"

■ 一个斯洛文尼亚人非常喜欢一个外国电影明星，所以他就买了一张该明星的海报，把它贴在家里的墙上。一天，他在沙发上伸了个懒腰，给自己倒了杯矿泉水，盯着海报遐想。突然，他停下来对自己说："该死，不能再这样下去了！我不能把我的时间都花在女人和吃喝上了！"

■ 杰克醉醺醺地从酒馆往家走，不小心撞到了路过的女人，女人狠狠地打了他一巴掌。他惊讶地问："老婆，我这么快就到家了吗？"

■ 一个喀斯特人、一个斯塔耶雷茨人和一个卢布尔雅那人一起散步时不小心踢倒了一盏灯。这时，一个精灵从灯里飞出来对他们说：
"非常感谢你们让我重获自由。作为回报，我将满足你们每人一个愿望。"
喀斯特人说："我是农民，我希望喀斯特地区的土地变得更加肥沃！"
精灵说："搞定！"
卢布尔雅那人说："我们卢布尔雅那有很多外地的移民。我希望在卢布尔雅那四周建一道高墙，这样就没人能进出了！"

精灵说："搞定！"

斯塔耶雷茨人问精灵："你刚给卢布尔雅那建的那道墙是什么样的？"

精灵说："大约有一百米高，五米厚，由钢筋混凝土制成，墙壁光滑……"

斯塔耶雷茨人说："很好。我的愿望是，现在就往墙里灌满水！"

- "为什么斯洛文尼亚人竖着吹口琴而不是横着吹？"
"因为他们怕越过国界。"

- "为什么斯洛文尼亚全国都没有迪斯科舞厅？"
"因为周边邻国会投诉噪声问题。"

- "与其他欧洲国家相比，斯洛文尼亚有什么优势？"
"一天内开车往返克罗地亚和奥地利绰绰有余，参加马拉松比赛可以从国家的一端跑到另一端，游客可以在一天之内带着孩子走完整个海岸线。"

- "为什么斯洛文尼亚人的汽车只有三个挡速？"
"如果挂了四挡，就跑出国界了。"

- 斯洛文尼亚人造了一颗原子弹，决定发射到美国测试一下效果。但等了三天，美国人仍没有任何反应。于是他们又造了一颗威力更大的原子弹，将其发射到美国。但等了三天，美国方面仍然没有任何动静。斯洛文尼亚总统坐不住了，他打电话给美国总统："你们为什么对我们的原子弹没有反应？"

"只要我能在地图上找到你，就把你送去见鬼！"

■ 一只虫子对它喜欢的虫子说：
"如果你不嫁给我，我就跳到鸡前面去！"

■ 一个警察坐在公园的长椅上。他的同事路过问他：
"你在做什么？坐着思考？"
"不，我只是坐着。"

■ 警察局所在地区的犯罪率上升。局长开会说："我们必须全力工作。所以从现在开始，你们每天要工作 25 个小时！"
"可是，一天只有 24 个小时啊！"一个警官反驳道。
"你们就不能提前一个小时上班吗？"

■ 警察："你已经违反交规了！谁给你发的驾照？他也要受罚！"
司机："他已经因为伪造文书在监狱服刑了。"

■ "为什么警察在首映式上总是坐在前排？"
"这样他们就可以吹嘘说最先看到了这部电影。"

■ 老师检查家庭作业时，扬切克看上去很紧张。
"扬切克，我希望你没有又忘记带作业！"
"不，老师，我写了作业，但后来我用作业纸叠了一个飞机。"
"下次不要这么做了。今天我不追究你，拿来给我看看。"
"问题是……飞机被劫持了。"

■ 约瑟躺在病床上，妻子米娜陪在他身边。
"米娜，你还记得我们在布莱德相遇时的情形吗？"
"当然记得。那天你正好接到通知去参军打仗。"
"还有那次大地震摧毁我们的房子，你还记得吧？"
"我也记得，亲爱的。"

"每次有灾难来临时,你都在我身边。今天,我就要死了,你仍然和我在一起。我真不知道,你对我来说是不是厄运。"

■ 穆乔从战场上回来时失去了双腿。他觉得生活失去了意义,多次想过上吊自杀。不过,后来他遇到了哈索,哈索虽然失去了双臂,但他总是快乐地蹦蹦跳跳。穆乔很感动,问他:

"你在战争中失去了双臂,怎么还这样乐观地蹦蹦跳跳呢?"

哈索:"如果你的屁股痒,但又不能挠,你不蹦蹦跳跳才怪呢!"

■ 哈索在德国工作。有一次他回斯洛文尼亚办事,恰好碰上好友穆乔,就对他说:

"在德国,你可以在街上的任何地方找到钱,你和我一起去德国吧。"

穆乔同意了。他们一起来到德国后,刚要出去吃饭,就看到地上有一张100欧元的钞票。

哈索说:"看,穆乔,快去把钱捡起来吧!"

穆乔说:"哈索,我不会在来这里的第一天就工作吧!"

■ 穆乔和哈索一起钓鱼。两个人都静静地等待鱼上钩。过了一会儿,穆乔问:

"你说,我们不在家的时候,我们的另一半会干什么?"

哈索说:"如果不是在织毛衣,肯定就是在做不想让我们知道的事喽!"

穆乔听后立即起身收拾东西。哈索不解地问:

"你这是要去哪儿?"

"我得马上回家,我老婆不会织毛衣!"

■ 穆乔和哈索搬进了对面的塔楼。他们住在同一层楼上,每天两个人从一个阳台到另一个阳台互相喊着聊天,而且聊得很开心。安静的邻居们被他们吵得实在受不了了,就给他们买了一部电话。第二天,穆乔打电话给哈索:"到阳台上来,我告诉你一件事!"

- 哈索来找穆乔,敲了敲门。
 "我们不在这里。"从屋里传出这样的回答。
 "不对吧,这里有很多鞋子。"哈索说道。
 "我们是光脚离开的!"

西班牙

国名全称：西班牙王国
首都：马德里
面积：506,000 平方千米
人口：4761.5 万（2023 年）
官方语言：西班牙语
货币：欧元（EUR）
加入欧盟时间：1986 年

■ 母亲问小儿子长大后想做什么。
"我想做个混蛋。"
"天哪,为什么?"
"因为爸爸总是说,你看那个混蛋又娶了个美女,看那个混蛋刚买了一辆新车,那个混蛋竟然中了彩票……"

■ 一个年轻人报名参加一项训练课程。秘书问:
"您叫什么名字?"
"朱——朱——朱。"
"你口吃吗?"
"不是的,我爸爸口吃,他给我报户口时不巧遇上一个混蛋。"

■ 马德里的一对夫妇决定去20年前度蜜月的那家酒店过一个长周末。但在出发前的最后一刻,妻子因临时有工作不得不在马德里多待一天。她便让丈夫按计划先走,自己第二天再过去。丈夫抵达酒店办理入住后,给妻子发了封电子邮件。但他在输入收件人的地址时不慎打错了字,并且在没有注意到这一错误的情况下发送了信息。

在塞维利亚,一个寡妇刚从丈夫的葬礼上回到家。她去查看电子邮件,期待着亲朋好友的慰问,但当她读到第一条信息时就晕了过去。儿子进入房间,发现母亲在电脑前的地板上已经昏迷不醒了,电脑的屏幕上显示如下信息:

"收件人:我亲爱的妻子

"主题:我已经顺利抵达

"你可能会对我用这种方式与你交流感到惊讶。这里有电脑了,你也可以给亲人发信息。我刚刚抵达,我已为你明天的到来做好了充分准备。我非常期待见到你。希望你有一个像我一样平静而愉快的旅程。

"又及:不要带太多衣服,这下面非常热。"

■ 在最后的晚餐中，大家都吃完后，到了该付钱的时候。
"我是个尊贵的客人，"耶稣说，"我不需要付钱。"
"先生，"彼得说，"你知道我扔掉了我的渔网，放弃了渔夫的工作来追随你，我没有钱。"
"主人，虽然我曾经很富有，"保罗说，"但我也为你舍弃了世俗生活，并把所有财产都给了穷人，我也没钱。"
这时，犹大说话了："别担心，我请客！"

■ 摩西、耶稣和一个大胡子老头一起打高尔夫。
摩西首先开球，结果球落入水中。他走到湖边，命令水分开，接着再一杆，把球打进了洞中。
耶稣接着开球，球也落入水中，但并没有沉下去。耶稣走在水面上，一击进洞。
最后轮到老人了。他挥杆击球，就在球要落入水中的一刹那，一条鱼跃出水面接住球，随后一只海鸥飞过来迅速抓住了鱼，紧接着，一只老鹰飞来，海鸥受惊放开了鱼，鱼吐出了球，球划了一个大弧线，最后正好落入洞中。
耶稣生气了，喊道："嘿，老爸……你要是再胡闹，我就不玩了。"

■ 一个足球裁判来到天堂，走到一个十字路口。其中一条路是给重要人物走的，另一条路是给普通人走的。他选择了重要人物走的那条路。过了一会儿，他来到了圣彼得面前。圣彼得问他做了什么特别的事，以至于他自认为是个重要人物。
裁判说："我是欧锦赛决赛的主裁判，我给主队判罚了一个点球，结果客队赢了。"
圣彼得问："这是什么时候发生的事？"
"五分钟前。"

■ 一位勇士在丛林探险时被食人族包围了，他心想这下玩儿完了。

然而，这时空中传来一个洪亮的声音：

"不，还不是时候。你应该奋力夺过食人族首领的长矛，刺进他儿子的胸膛。"

勇士得到神的启示后，英勇地冲向食人族首领，经过一番搏斗，夺过了他手中的长矛，猛地刺入站在他身旁的儿子的胸膛……

这个人抬头看着天，等待神的下一个指示。这时，天空中又传来声音：

"你现在玩儿完了。"

■ 一个传教士在森林里遇到一头因饥饿而奄奄一息的狮子。传教士很害怕，颤抖着跪在地上祈祷：

"上帝，请赐予这头狮子怜悯心吧，请感化它吧……"

同时，狮子也跪下来开始祈祷：

"天父，感谢你赐予我眼前的食物。"

■ 主教训斥一个乡村牧师：

"你穿牛仔裤、花衬衫，左耳上戴耳环，扎马尾辫，这些也就算了，但复活节时你居然在教堂门口挂一个'老板丧子，教堂关门'的牌子，这简直太过分了！"

■ 两个很久未见的好友相逢。

"你知道吗，马塞拉，我分手了……"

"你想知道我会告诉你什么吗？说实话，你做对了。你的女朋友太放纵了。相信我，你的决定太正确了，早就应该和她分手。"

"老伙计，我是分手了……但，是和我的商业伙伴分手了！"

■ 每年情人节前，一位50多岁、胖乎乎、秃顶的男人都会来到邮局，在一叠粉红色的信封上贴上邮票，然后拿出一瓶香水，往信封上喷洒。如此年复一年，柜台后面的工作人员都深受感动。其中一人问道：

"先生，虽然这不关我的事，但我特别想知道，您为什么每年都要寄粉红色的带香味的信封呢？"

"这个嘛，里面有一封信，署名是'猜猜我是谁'，我会把它们寄往全国各地。"

"这是为什么？"

"很简单，因为我是一位离婚诉讼律师。"

■ 一名警察拦住一名超速行驶的年轻人。

"请出示驾照。"

"没驾照。两周前，我因为醉驾，驾照被吊销了。"

"那么请出示你的行驶证。"

"这车不是我的，是我偷来的。"

"车是偷来的？"

"是的，行驶证可能在手套箱里。今天我放枪时好像看见过。"

"什么？你的手套箱里有枪？"

"对啊！今天我用它杀了驾驶这辆车的女人。她的尸体就在后备箱里。"

警察非常紧张，赶忙给总部打电话报告情况。片刻之后，刑警队长带着一支武装部队赶到。

队长："我能看一下你的驾照吗？"

"当然，在这儿。"

"这是谁的车？"

"我的，这是行驶证。"

"你能打开手套箱吗？我想看看你是否藏有武器。"

"当然！我没有武器。"

"我可以看看后备箱吗？我的同事说你在里面藏了一具尸体。"

"当然，后备箱里什么都没有。"

刑警队长很疑惑："这是怎么回事？我的同事说，你没有驾照，车是从被你杀死的女人那里偷来的,尸体被藏在后备箱里,手套箱里还藏着枪。"

年轻人:"嗯,明白了。我敢打赌,他还告诉你我超速了,对吧?"

■ "亲爱的,我们快迟到了,你的妆已经化了一个小时了!"
"画一幅美丽的画需要大量的时间……"
"可你不是在画画,你这是在翻修和改造啊!"

■ 一个学生对好奇心过度的房东太太说:
"您知道吗,太太,我已经不再介意您偷看了我所有的信。但我不能接受的是,您居然还回复他们!"

■ 教授在做实验时问学生:
"水以何种形态存在时最强大?"
"以一个女人的眼泪存在时,教授。"

■ 一个五年级学生向同桌诉苦:
"昨天我爸打了我两次……"
"为什么打两次?"
"第一次打我是因为我给他看了一个全是1分的作业本,第二次打我是因为他发现了那是他以前的作业本。"

■ 病人去看心理医生。
"大夫,我该怎么向您解释呢,我总觉得大家都对我视而不见……"
"来,下一位!"

■ 一只乌龟在爬树,爬到树顶,再挥舞着爪子跳下去,重重地摔在地上。它就这样不停地重复着同样的动作。在旁边的树上有两只鸟边看边说:

"我们是不是应该告诉它了,它是被收养的?"

■ 两个朋友见面,其中一个人的耳朵上绑着一根绳子。
"老伙计,你这是怎么了?"另一个人问。
"我厌倦了生活。我要上吊自杀。"
"如果你想上吊,应该把绳子系在脖子上。"
"我试过,但那样我就没法呼吸了。"

■ 乐队指挥若有所思地问大提琴手:
"你拉琴多久了?"
"从五岁起到现在。"
"嗯,我想你是时候停下来了。"

■ "亲爱的,如果有一天我失去了一切,成为一无所有的穷光蛋,你还会爱我吗?"
"你知道,肯定的。只是你会非常想念我……"

■ 一位海员耐心地向人们解释什么是海洋。
"海洋很大,非常大,大到你航行几个星期都找不到一间酒吧。"

■ "船长先生,您已经在海上航行了20年,那您见过海怪、水鬼或者其他什么可怕的东西吗?"
"没见过,太太,我只是一个不可怕的酒鬼。"

■ 房东要出去度周末,临走前在门上贴了张纸条:
"小心,有恶狗!"
等他回来后,发现家里被盗了,门上还留了张纸条:
"你为什么要诽谤一条好狗?"

■ "你的办公室一共有几个人?"
"经理在的时候一共有四个人。"
"经理不在呢?"
"一个人也没有。"

■ "夫人,请管好您的孩子。他总是在模仿我!"
母亲立即对孩子说:
"彼得,你能不能别把自己搞成个白痴!"

■ 一个建筑商从屋顶上掉了下来,一群人正围在他身旁。这时上边有人喊:
"朋友,请帮忙把他的手从口袋里拿出来,这样就是工伤事故了!"

希腊

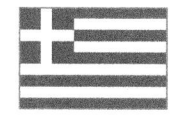

国名全称：希腊共和国
首都：雅典
面积：131,957 平方千米
人口：1043.2 万（2022 年）
官方语言：希腊语
货币：欧元（EUR）
加入欧盟时间：1981 年

■ 一对夫妻带着小儿子乘坐火车。妈妈在织毛衣,爸爸在看报纸。男孩看着窗外,感到很无聊,想引起爸爸的注意,便尖叫道:"哎呀,爸爸,远处那是什么?看到了吗?"

爸爸只顾看报纸,头也没抬地回答:"不知道。"

过了一会儿,男孩又问:"爸爸,那是什么?"

爸爸再次不假思索地哼了一声,说他不知道。

男孩一次又一次地问,但爸爸总是回答不知道。

妈妈失去了耐心,责骂儿子:

"你没看到爸爸在看报纸吗?让他安静地待一会儿,不要再问了。"

然而,爸爸却说:

"就让他问嘛!如果他不问问题,他就不会获得知识。"

■ 一个很抠门的有钱人请哲学家阿里斯提波教他儿子读书。哲学家开价500德拉克马作为薪水。但这个有钱人嫌贵,说:

"伙计,500德拉克马可以买一头牛了好不好!"

"好吧,那您就留着钱买牛吧,正好可以和您凑一对儿。"

■ 狄奥尼索斯问哲学家阿里斯提波,为什么哲学家会去拜访富人,而富人却从不去拜访哲学家?阿里斯提波不假思索地回答:

"因为哲学家们知道自己缺什么,而富人们却不知道。"

■ 有人愤愤不平地告诉亚里士多德,有人在背后诽谤他,而且还对这位伟大的哲学家说脏话。亚里士多德只是挥了挥手,笑着说:

"无所谓呀!只要我不在那里,他们给我施酷刑都没关系。"

■ 有一天,第欧根尼从他的木桶里出来,挥舞着手杖,声嘶力竭地喊:

"我说人们啊,善良的人们,都到这儿来!"

当一大群人聚集过来后,第欧根尼再次拿起他的手杖,喊叫着驱散他们：

"我叫的是好人，不是畜生。"

■ 一个秃头雅典人路过哲学家第欧根尼的木桶时，竟无缘无故地向他吐了口水。哲学家平静地看着他说：

"我不打算回敬你的无礼。我无法赞美你，但至少可以赞美你聪明的头发。"

"什么头发？头发怎么了？"雅典人疑惑地问。

"它们及时摆脱了你这个蠢货。"

■ 当阿里斯提德斯从流放地返回时，人们问他被迫背井离乡时，最困扰他的是什么。

"最困扰我的是我们国家的坏声誉，所有人都因为我被流放而诽谤它。"

■ 有一个既老实又贫穷的克里特农民决定把家里唯一值钱的东西——一头骡子卖掉。他连续几次去了市场，结果都没人感兴趣，骡子始终没被卖掉。他几乎快要破产了，无奈之下他去找牧师商量卖骡子的办法。

牧师对他说："你必须向你的守护神圣乔治作出承诺，然后他就会帮助你卖掉这头骡子。"

善良的农民在圣乔治像前双手合十，承诺如果能卖掉骡子，他会将销售额的百分之十、百分之三十，甚至是一半都给他。"我愿意把一切都给你，守护神！如果你能帮我卖掉那头骡子。至少可以帮我省去它吃的食物。"

但在去市场的路上，他又告诉自己，他不应该对圣人如此慷慨，于是就用口袋里最后那点钱买了一只公鸡。他在市场上坐下来，等着别人来买。

"嘿，兄弟，你那头骡子多少钱？"

"一个德拉克马。"

"一个德拉克马?好吧,我买了。"

"但你必须也把公鸡买走。"

"那这只鸡多少钱?"

"三万。"

"你疯了吧?三万块钱一只公鸡!"

"可是这头骡子你几乎是白得的。"

他们就这样讨价还价,折腾了好一阵子,直到以一只公鸡2.5万德拉克马、一头骡子一个德拉克马的价格成交。农民兴高采烈地往家走,他在村里遇到的第一个人就是牧师。

"我知道了,孩子,你已经卖掉了骡子。但你要记住你对守护神的承诺。"

农民径直去了教堂并把一个德拉克马放进功德箱。

农民祈祷:"谢谢你的帮助,圣乔治。我知道,账目清,朋友铁。"

■ 在雅典的一个社区,一家超市被抢了。

"他们怎么知道肇事者是希腊人?"

"他只拿了免费的样品。"

■ 一位老师在学校里问一个庞特族的小学生:

"瑶力克,哪种生物必须努力工作,才能让妈妈穿上丝绸衣服?"

"嗯……"小瑶力克思考了一会儿回答说,"噢,那肯定是我们的爸爸喽!"

■ "你怎么知道刚刚收到的传真是由一个庞蒂克的希腊人发出的?"

"因为上面贴了张邮票。"

■ 有三个间谍被克格勃抓获,他们分别来自英国、德国和希腊。

审讯时，德国间谍禁不住威逼，最后还是招了；英国间谍禁不住利诱，也交代了。接下来受审的是希腊人。

"说吧，你为谁工作？"

可无论对希腊人怎么威逼利诱，他都死活不说。两天过去了，希腊人依然没交代。第三天晚上，从希腊人的牢房里传出巨大的哀号声。克格勃特工赶紧跑过去察看，发现希腊人正拼命地用头撞墙，他挥舞着拳头，一边哭一边喊：

"看在上帝的份儿上，快点儿让我想起上线的名字吧，否则我会死在这里的……"

■ 新上台的政府十分关注民生，为爱琴海上最小的岛屿都通了电，原来破旧的茅草屋也终于有了电灯。一天，地方发展部长到一个偏僻的小岛视察，他来到一位老妇人家中。

"老人家，你家里有电了，高兴吗？"

"哎呀，高兴啊，可帮了大忙了。我的眼神不好啊。"

"那你每个月的电费多少钱？你觉得贵不贵？"

"电费？我基本上不用交电费。我每天只开一次灯，找到火柴就关了。"

■ 飞机上有一个意大利人、一个德国人、一个希腊人和一个土耳其人。突然，机长报告说飞机超载，必须有三个人跳伞才能避免坠机。意大利人想了一下，高呼"意大利万岁"就跳了下去；接着，德国人也跳了下去；希腊人也高喊"光荣的希腊人万岁"，然后，抓住土耳其人就扔了出去……

■ 上帝把美国、俄罗斯和希腊三国总统召到身边，说可以毫无保留地回答他们每个人一个问题。

美国总统问：

"美国什么时候能够成为全球最发达的国家？"

"一百年后。"上帝回答。

美国总统听了泪流满面：

"到那时，我早就死了。"

俄罗斯总统也问了同样的问题。

"两百年后。"上帝说。

俄罗斯总统也哀叹道：

"我是看不到那一天了。"

最后，希腊总统也问了同样的问题，但刚问完，上帝就哭了：

"如果有那么一天，估计我也已经死了！"

■ 在一个偏远的希腊小村庄，一个男孩问爸爸：

"爸爸，你常说的地方主义者是什么意思？"

"就是一群愚蠢的乡巴佬，总觉得他们的村子比我们的好。"

■ 克里特一个绰号为"某人"的音乐家因闯红灯被交警拦下，交警二话没说就开了张罚单，然后又认出了这位音乐家。交警有些为难地说：

"先生，您没看见红灯吗？我已经开了罚单，您说让我怎么写？"

音乐家想了一会儿，然后高声说：

"你就写'某人'闯红灯，但是让他跑了我没有看清。"

■ 一天晚上，米索斯带着儿子在酒馆和朋友喝酒。儿子又困又感觉无聊，吵着要回家。米索斯只好开车往家走。刚出门，朋友打电话提醒，小心警察查酒驾。米索斯左右为难，不过马上想到一条妙计。他回到酒馆，又点了两杯白酒，给已经睡着的儿子灌了下去，然后自信地开车上路了。路上，果然遇上查酒驾。他按要求对着检测仪一呼气，结果显示超过20毫克/毫升。

警察说："你涉嫌酒驾了，靠边停车，跟我们走一趟吧。"

米索斯说："这不可能，我根本没喝酒，一定是你的仪器有问题。"

警察说："别耍赖，我的仪器不可能有问题。"

米索斯说："这样吧，我出个主意。你让我儿子也吹一下，如果他没问题，我就跟你们走……"

■ 一个喝醉酒的警察在路上拦下一辆摩托车，冲着司机大喊道：

"伙计，你不知道摩托车不能带三个人的吗？"

摩托车司机也是个醉鬼，回答说：

"这我知道，但你们也没必要这么多人包围我啊！"

■ 一个人去车行对店员说：

"我想要一辆 3×3 的车。"

店员说："我们只有 4×4，没有 3×3 的。"

这人很失望地去了另一家店，结果得到的还是同样的答案。

当他在第五家店仍然没找到 3×3 的车时，他有些恼火：

"怎么可能没有？我家的车库就是 3×3 的啊！"

■ "希腊总统、总理、议长、经济部长、议员代表团、执政党书记、反对党书记、央行行长、东正教牧首等同坐一架飞机。突然，飞机失速坠入大海。你猜，谁有可能获救？"

"希腊。"

■ 丈夫兴奋地冲妻子喊：

"玛拉基，我中了大乐透特等奖！快去收拾行李！"

"真的吗？太棒了！我们要去哪儿度假，我该带什么衣服？冬天的还是夏天的？"

"全都带着，我要送你回娘家。"

■ 一个小学生在写作业，爸爸在看报纸。

"爸爸,我的作业要求写出希腊和日本的区别是什么。"

爸爸头也没抬地说:

"你就写1∶40。"

"这是什么意思?"

"日本人通常用40年的时间来规划和设计一个项目,然后用一年时间使它变为现实。而我们希腊人则是用一年时间做计划,然后用40年的时间来完成。这就是区别!"

■ 迪亚曼托普洛斯夫妇是众所周知的懒人。一天夜里,一个窃贼来他们家偷东西,见他们睡得很熟,就把他们盖的被子一并偷走了。妻子翻了个身,对丈夫说:

"有人偷我们的被子,快去抢回来。"

丈夫眼睛都没睁:

"放心吧,丢不了,等他回来偷枕头的时候,我就抓住他。"

■ 一个老板想测试一下员工的能力。

他首先叫来一个维修工,问他一加一等于几。

"二。老板,你没必要为这么件破事打扰我工作!"维修工不满地说。

然后老板向法律顾问提出同样的问题。

"通常情况下等于二,除非法律规定有例外情形,我需要再核实。"

最后,老板去问会计。

"一加一……嗯,老板,你需要是几就是几。"

■ 一个人到菜市场买菜。

"我要一公斤的土豆,不过麻烦你,每个土豆单独装袋。"

"好的。"售货员很友善地说。

"再要一公斤的西红柿,也是每个西红柿单独装袋。"

"？"

"再给我一公斤洋葱,每个洋葱单独装袋。"

"！"

"你们有黄豆吗？"

"呃……卖光了。"

■ 一个在伦敦生活的希腊商人决定买一座古堡。当与业主讨论买卖的细节时,他特意问道:

"先生,这座城堡没有受到任何诅咒,也没有鬼魂或食尸鬼出没吧？"

"嗯,放心住吧,我来这儿的500年里,还没有见过你说的那种东西。"

■ 一家卖百科全书的公司评选最佳推销员。令人感到惊讶的是,一位口吃同事的推销成功率几乎达到100%。销售总监想向其他同事推广他的经验,便问道:

"你的推销成功率打破了纪录,几乎所有你接触的人都向你购买了百科全书。你是怎么做到的？其他同事需要改进什么？"

"嗯……嗯……我不……不……不知道。我通……通常会……会对……对……客……客户说,如果……你……你不想……想买,我……我就……就读给……你……你……听……"

匈牙利

国名全称：匈牙利
首都城市：布达佩斯
面积：93,023 平方千米
人口：967.8 万（2023 年）
官方语言：匈牙利语
货币：福林（HUF）
加入欧盟时间：2004 年

■ 一天夜里，科瓦奇在安达什大街上着急地寻找着什么。
邻居看到后问他：
"您在找什么？"
"找我的金表。"
"您在哪儿弄丢的？"
"在迪克广场。"
"那您为什么在这儿找？"
"因为这儿光线好。"

■ 一名乘客在火车站问一个老熟人：
"我经常见你来车站等待从特梅施瓦来的快车，但从未见你接到过任何人。这是为什么？"
"你知道的，我那令人讨厌的岳母住在特梅施瓦。"
"嗯，那又怎样？"
"你知道当我看到她没有从火车上下来时有多开心吗？"

■ 一位老妇人向列车员抱怨：
"以前，男士看到女士在火车站拿着行李箱时，都会主动过来帮忙拿。"
列车员说："夫人，今天也有这样的绅士，只不过，他们拿走你的行李箱后，就永远也不回来了。"

■ 两个酒友在聊天：
"你能告诉我，这件衣服为什么穿了两个月都不换吗？"
"因为它有个十分特殊的拉链。"
"就是因为拉链吗？"
"是的，我拉不开它。"

■ 狱警跑到监狱长面前说：

"头儿,不好了,有个混蛋越狱了!"
"不可能的。我命令你把所有出口都关闭了,不是吗?"
"是的。"
"那他怎么会逃跑呢?"
"他可能是从入口逃跑的。"

■ 有一位顾客准备买下一只中意的小狗,就在付款前,他看到狗贩子的小儿子在旁边,便上前给了他一块糖,问道:
"这只狗真的很忠诚吗?"
"当然,"孩子说,"我爸爸已经卖了它 12 次了,每次它都能自己跑回来。"

■ 一名聋哑人去找心理医生,在一张纸上写下了"我希望至少能学会几句话"。
"好吧,"心理医生说,"那就脱掉裤子,弯腰!"
聋哑人照做了。医生给他屁股上打了一针,聋哑人痛苦地尖叫:
"Aaaaa!"
心理医生满意地点点头:
"很棒,明天尝试学习'B'。"

■ 一个心不在焉的教授同他的朋友打招呼:
"早上好,夫人,您丈夫最近怎么样?"
"教授,我还没有结婚。"
"噢,我不知道您的丈夫依然是个单身。"

■ 一个快要渴死的人在沙漠中找到一股清泉,他开心地大叫起来:
"哇,水!水!"
这时,清泉底下传来了一个声音:
"在哪里?在哪里?"

■ 深夜,一个驼背老人经过一片墓地。突然,一个矮人跳到他面前问道:

"你背上背的是什么?"

"罗锅儿。"

"你要它有用吗?"

"没用。"

"那我拿走了!"

话音刚落,驼背老人便直起了腰。他喜出望外,急忙往家走。路上,他遇到一个跛脚的人,便把刚刚发生的事告诉了他。跛脚人赶忙跑到墓地。果然,矮人又出现了。

"你背上有什么?"

"什么也没有。"

"好,那这个罗锅儿给你吧。"

…………

■ 战士科瓦奇的母亲去世了。长官不希望直接且生硬地通知他这个不幸的消息。

所以,他命令全体战士:

"所有失去母亲的战士,向前一步走……科瓦奇,你也向前迈一步!"

■ "您别提我有多忙了。我每天工作 25 个小时。"

"你别吹牛了,一天只有 24 个小时。"

"是的,但我每天都提前一个小时起床。"

■ "亲爱的,不好了,"教授的妻子冲进门着急地说,"保姆把我们的小宝贝儿弄丢了。"

教授正在看报纸,他头也没抬地说:

"嗯,这太可怕了!先扣她一个月的工资。"

■ 首长来到步兵连视察。连长逐一向首长介绍新兵。当他叫"切尔尼（本意为'黑色'）"时，两名士兵同时出列。
"你们都姓切尔尼吗？"下士问道。
"不，我的名字是赫涅迪（本意为'棕色'）。"其中一个人回答。
"那你为什么要出列？你是傻子还是聋子？"
"我不傻也不聋，我只是个色盲。"

■ 一个男士站在汽车站的站台上，手里拿着一个小提琴盒子。他走向一名乘客，问道："请问，怎么才能进歌剧院？"
"练习，坚持练习，反复练习！"

■ 在布达佩斯的链子桥上，一名男子靠在栏杆上，望着水面。一名警察走到他身边，轻轻地拍了拍他的肩膀说：
"我希望你没有想跳河的意思。"
"哦，不，"那个人悲伤地说，"我只是在回忆……你知道，我的妻子就是在这儿掉到水里的……我在回忆我们一起度过的美好时光。"
"非常抱歉，打扰您了，"警察说，"那是什么时候发生的事？"
"大约5分钟前。"

■ 一个西库尔人步行去科洛兹瓦尔。路上，他忽然看到自己的教父赶着马车过来了。
"您能捎我一程吗？"
"当然。"
走了大约一小时后，西库尔人问：
"离科洛兹瓦尔还很远吗？"
"噢，现在的确是越来越远了。"

■ 一个西库尔人的马生病了。他对邻居说："我的马病了。"

邻居说："我的马也病了。"
"那您喂了它什么？"
"石灰。"
西库尔人回家后也给他的马喂了石灰，结果第二天马就死了。
他对邻居说："我的马死了。"
邻居："我的也是。"
"那你为什么不早说呢？"
邻居愤怒地反驳道：
"你问我了吗？"

■ 一个可怜的西库尔人要去参军打仗。
临行前，爸爸居然给了他一记响亮的耳光，并且非常严肃地对他说："孩子，今后在任何情况下你都不要容忍别人这样对待你。"

■ "请把衣服脱了。"
"可是，主任医师，请问……"
"别问了，快脱吧！"
"可是，但我不是……"
"没什么可是的，赶紧脱。"
西库尔人只好脱掉衣服，医生给他做了检查。
"你没什么问题。"
"我知道，主任，我只是来给您送木柴的。"

■ 一个西库尔人和老婆吵架后愤怒地转身摔门而去。
17年后，他回家了。
老婆质问他："你去哪儿了？"
西库尔人说："外面，一直在外面。"

■ 亚伦正在林中伐木，一个朋友过来打招呼。

"嘿，亚伦，你知道什么叫耍酷吗？"

"不知道。"

那人拿起斧头，向上高高地抛起，他就站在原地，在最后一刻才向后退了一步，斧头恰好落在他面前的地上。

第二天，亚伦和儿子一起去砍柴，他也想让儿子看看什么叫作耍酷。

"儿子，你知道什么是耍酷吗？"

"不知道。"

亚伦拿起斧头，向上高高地抛起，他就站在原地，在最后一刻他刚想后退，却被绊了一下，这时斧头恰好落在了他的头上……

儿子独自回家，妈妈问：

"你爸呢？"

"在林子里耍酷。"

■ 一个农民躺在病床上奄奄一息，亲戚问他：

"需要请医生来吗？"

"没必要。我们乡下人都是自然死亡。"

■ 一个兽医去看医生。

医生问："您说说，哪儿不舒服？"

兽医回答说："我现在才知道，您跟我比，您的工作太容易了，您问我，我可以回答，可我……"

■ 医生给一个病人做完检查后，对他的妻子说：

"夫人，如果您的丈夫要想康复，唯一的办法就是戒烟。"

"没问题，他会戒的。"

"要做到这一点，需要特别坚强的毅力。"

"别担心，医生，我会让他有这样的毅力的！"

■ "大夫,一年前我找您看过风湿病,您让我避免潮湿。"
"是的,有什么问题吗?"
"的确有,我来就是想问问,我能不能洗澡?"

■ 医生问病人:"您感冒了?"
病人点点头。
"我昨天也和您一样,不过我有一个十分有效的偏方。下班后,我先喝了七杯烈酒,又喝了一杯朗姆酒,然后回家洗了个热水澡,最后钻进了老婆的被窝,一觉醒来感冒全好了。我向您强力推荐。"
病人嘟囔着:"真不知道这是个医生,还是个骗子!"

■ 一个既抽烟又酗酒的人去看医生。
"医生,我的腰和胸部很疼。"
医生给他做了检查后说:
"我有一个好消息和一个坏消息,您要先听哪个?"
"坏消息。"
"很不幸,我们必须把你的肺切除一半。"
"那好消息呢?"
"这样您的肝脏就会拥有更大的空间了。"

■ 一名精神病科医生正在给一位戴眼镜的病人做检查。
"如果我割掉你的左耳,会发生什么?"医生试探性地问道。
"我的听力和视力都会受到影响。"
"为什么视力会受到影响呢?"
"因为我的眼镜会掉下来。"

■ "您是按我说的,每天只抽十支烟吗?"
"是的,医生,我是完全按照您的嘱咐做的。"
"那我不明白,为什么您的病情没有好转呢?"

"那是因为我以前并不抽烟啊!"

■ "医生,我没法睡觉。"
"什么时候开始的?"
"自从法警把我的床没收之后。"

■ 一个被便秘折磨了数周的病人走进一家药店。
"请帮帮我,我已经被便秘折磨很久了。"
药剂师问:
"你是步行、乘车还是开车来的?"
"乘公共汽车。"
"一共多少站?"
"四站。"
"你家住几层?"
"三层。"
"电梯和厕所门之间有多远?"
"11米。"
药剂师问完开始调药,调完后让这个人一口吞下。
第二天,那个人高兴地跑来说:
"你给我调的药太灵了,你是个天才!在计算距离时只有两米的误差!"

■ "主任,现在该怎么办?手术一切就绪,但病人还没来。"
"这是他的问题,不等他了,我们开始。"

■ "医生,我丈夫整晚都在说梦话。我该怎么办?"
"从现在开始,您白天至少得允许他说几句话。"

■ 一位忧心忡忡的女人带着她的丈夫去看医生,说他的心跳不正常。

检查结束后，医生让女人的丈夫在候诊室等候，随后阴沉着脸对女人说：

"夫人，我必须告诉你，我一点儿也不喜欢你的丈夫。"（注：此句在外文中是双关语。直译是"我一点儿也不喜欢你的丈夫"，意译是"你丈夫的情况非常不好"）

"我也不喜欢，医生，但他对孩子们很好。"

■ "医生，我非常害怕。这是我一生中第一次躺在手术台上。"
"请冷静，不要让我紧张，这是我生平第一次做手术。"

■ "医生，手术成功的概率有多大？"
"这是一个很简单的常规手术，这已经是我第 82 次做了。"
"谢谢，你让我平静了许多。"
"这就对了，我总有一天会把手术做好的。"

■ 外科医生："科瓦奇先生，你迷信吗？"
"一点儿也不。"
"很好，从明天起你只能用左脚站立了。"

■ "医生，已婚的男人真的更长寿吗？"
"不是，他们只是感觉日子很漫长。"

■ 一个男人去看心理医生。
"这太可怕了，医生！我梦到的只有法院和监狱。"
"那么，你去过神经科吗？"
"没有，我只去过法院和监狱。"

■ "你听说了吗？科瓦奇的岳母掉进湖里了。"

"可怜的女人。"
"但她及时被人救上来了。"
"噢,可怜的科瓦奇。"

■ "你结婚多久了?"
"只有五年。"
"这么说,你还没有感受到家庭的幸福?"
"谁说的?去年我岳母已经去世了!"

■ 母亲来女儿家住了一段时间后准备回去。
"我亲爱的女婿,你真的不必麻烦,不用送我到车站。"
"相信我,妈,我真的非常高兴为您送行。"

意大利

国名全称：意大利共和国
首都：罗马
面积：301,333 平方千米
人口：5885 万（2022 年）
官方语言：意大利语，在特殊自治地区也使用德语、斯洛文尼亚语、法语
货币：欧元（EUR）
加入欧盟时间：1957 年

■ "英国的保险公司和西西里的保险公司有什么不同?"
"在英国,保险公司会根据统计数据,告诉你明年会有多少人死亡。在西西里,保险公司还会告诉你这些人的名字。"

■ 在意大利的一个小村庄,奶奶把她的小孙子叫来:
"快来看,小鸡在啄蛋壳。看到了吗?"
"看到了。"男孩说。
"现在你知道鸡是怎么从鸡蛋里出来的了吧?"
"我早就知道了,"男孩说,"但我更想知道它是怎么进去的。"

■ 一个男孩向一个老奶奶提出请求:
"尊敬的夫人,您愿不愿意摸一摸这只小狗?"
"当然,"老奶奶回答,"我很高兴摸摸它,孩子,你的狗很可爱。"
"这不是我的狗,"男孩说,"我只是想看看,它咬不咬人。"

■ "医生,您给我开的抗失眠的药根本不管用。"
"你试过服药的同时数数吗?"
"是的,我都数到 49,567 了。"
"然后你睡着了?"
"不,我不得不起床上班了。"

■ 在底特律火车站新安装了一台智能售票机。
一个中年男人走过来,站在智能售票机的摄像头前,把美元放进去,一张纸从自动售票机里掉了出来,上面写着:"你是约翰·布朗,48 岁,你想去纽约,票价为 25 美元。你乘坐的火车将在 15 分钟后发车。"
男人不明白这台机器为什么会知道他的姓名、年龄和想去的城市。他拉住一个站在旁边的印第安人,让他站在摄像头前,并向自动售票机投了一美元,一张纸掉了出来:"你是阿帕奇部落的奥列弗下士，37岁。你想去孟菲斯市。您乘坐的火车将在40分钟后发车，票价为35美元。"

男人对此深感震惊，他想再做一次实验。他从印第安人那里借来了衣服和头饰，取出一美元投进智能售票机，紧接着掉出一张纸，上面写着："你是约翰·布朗，48岁，不信任现代技术。你想去纽约，但你乘坐的火车刚刚已发车了。"

■ 一位男士突发心脏病，家人把他送到离家最近的一家私立医院。因抢救及时他成功获救，然而当他收到医院的账单时，心脏病又一次发作了，这一次他就没那么幸运了。

■ 男女对话：
男人："你真的清楚，你想从生活中得到什么吗？"
女人："当然，我现在只想找一个可以负担我生活的有钱人。"

■ 医生："您是按我的建议，开着窗户睡觉吗？"
病人："是的，医生。"
医生："很好。我看您支气管的炎症已经消失了，对吗？"
"还没有，"病人失望地说，"消失的只有我的钱包、外套和手机。"

■ 一个老水手从国外带回一只美丽的鹦鹉。过海关时，他要被征收高额的关税。

"请问，有没有什么方式，可以不用交关税？"他问道。
海关官员想了想说：
"如果你不把它作为活物而是以其他形式进口，那将便宜得多。"
"什么形式？"
"作为标本，几乎不需要缴纳任何税费。"
水手开始思考。这时，鹦鹉紧张地说："听着，你这个吝啬鬼，别想了,快付钱!"

■ 一位男士冬天骑摩托车旅行,为了不让肚子受凉,他把外套反穿,从后面扣上了扣子。在路过一个弯道时,因为路面有冰,他重重地摔倒在地,顿时就晕了过去。几分钟后,一支宪兵巡逻队经过这里,紧急呼叫了救护车。当医生到达现场时,发现那人已经断气了。其中一个宪兵说:"很奇怪,他一开始看起来并没有多严重,直到我们帮他把头转正,他突然就不行了。"

■ 伯特先生不幸出了车祸。
好友去看望他:"你还好吗?老伙计!"
"我好多了,谢谢。"
"你能站起来吗?"
"医生说可以,但律师不建议我那样做。"

■ 一位非常有名的律师从办公室出来,看到一个乞丐靠在门边。就从口袋里掏出 5 欧元给了他。
"律师先生,"乞丐说,"请解释一下,20 年前您给我 10 万里拉,十年前您给我 5 万里拉,五年前减少为 2 万里拉,而现在只有 5 欧元。为什么越来越少呢?"
律师回答说:
"朋友,您应该知道,20 年前我还是单身,十年前我结婚了,不得不削减开支,五年前我有了一对双胞胎,不得不勒紧裤腰带。现在我的父母生病了,我只能把一张欧元掰成两半花!"
乞丐说:"律师,我不明白,您为什么要把该给我的钱给了您的亲戚?"

■ "电脑是阴性还是阳性?"
"阴性,因为它和女人一样:

"1. 除了它的设计者外，没人知道其内在逻辑。

"2. 即使再小的错误也会被记录下来。

"3. 当它与其他计算机交流时，其他人完全不懂。

"4. 如果你刚买了一台电脑，接下来你就会发现，你每个月都要花一半的工资去买配件和软件！"

■ 一位男士和他的妻子、岳母一起到耶路撒冷度假。度假期间岳母突然去世。殡仪馆工作人员说，要么以 5000 欧元把尸体送回意大利，要么仅以 150 欧元的开销就地埋葬。男士说："还是送她回家吧。"殡仪馆工作人员问："您确定吗？这可是一笔很大的开销，为什么不把她安葬在圣地呢？"男人说："我真的不想冒任何风险。两千年前也有一个人被埋在你们这里，可三天后他又复活了。"

■ 妻子："你总是抱怨我打电话时间太长，看，这次我只说了 10 分钟。"

丈夫："那刚才给你打电话的是哪一位啊？"

妻子："不认识，对方说打错电话了。"

■ 11 个人被吊在营救他们的直升机上。这 10 男 1 女正拼命抓着直升机投下来的绳索。因为绳子不够结实，无法承受所有人的重量，所以至少有一个人必须自我牺牲，否则大家都得死。正当男人们争得不可开交时，女人发言了："女性总是心甘情愿地为家庭牺牲自己，为丈夫和孩子付出一切，而不求任何回报。因此，这次我还打算作出牺牲。"她的演讲一结束，男人们都感动得鼓起掌来……

■ 一群工程师和一群数学家一起乘火车前往比萨开会。在车站，数学家们每人买了一张车票，而工程师一行人却只买了一张票。上车后，所有工程师都躲进一个厕所。检票员敲门查票时，他们把唯一的车票从门缝里递出去，检票员查验后又把车票还给了他们。数学家们看到这一切很受启发。

回程的时候,数学家们只买了一张车票,而工程师们一张也没买。一上车,所有数学家都躲进了一个厕所,工程师们则躲进了另一个,同时还留了一个人在外面。只见这人敲了敲数学家们所躲藏的厕所门,说了声"查票"。然后,一张车票从门缝里递了出来。这人接过车票,立即躲进了工程师们所藏的厕所里。

■ 一个牧师、一个医生和一个工程师一起打高尔夫。在他们前面有一群行动特别慢的球员。他们都很着急,便问引导员这些人是谁。引导员解释说:"他们是一群盲人消防员。去年他们为了扑灭高尔夫球场的火灾失去了双眼,所以他们可以在这儿免费打高尔夫。"

"这太令人难过了,"牧师说,"今晚我要为他们祈祷。"

医生思考后说:"我回去问问眼科的同事,看能否为他们做些什么。"工程师则说:"他们为什么不晚上来玩?"

■ 一条小蛇哭着问妈妈:

"妈妈,我们是毒蛇吗?"

"是的。"

"我们的毒很厉害吗?"

"是的,我们是世界上最厉害的毒蛇。你为什么问这些?"小蛇哭得更厉害了:

"我刚咬了自己的舌头。"

■ "我的猫太聪明了!我给它火腿时,它会用爪子把脂肪扒开,只吃瘦肉。"

"我的猫更聪明。我喂它拿铁咖啡,它会只喝牛奶,剩下咖啡。"

■ 玛丽胃痛得厉害,不得不用热水袋捂着肚子。朋友建议说:

"我以前有和你一样的毛病,但后来治好了。你别不信啊,我从不用橡胶热水袋,而是把猫放在我的肚子上,很管用的。"

玛丽表示感谢,说回家也要试试。

一个星期后,她们再次见面。玛丽说她的肚子都被猫抓破了。朋友问发生了什么事。

她说:"我回到家,按照你的建议,把猫抱在怀里。开始很顺利,后来我试图给它灌温水,就……"

■ 一个医生接起电话,电话里传出一个微弱的声音:

"医生,我是罗西,就是今天去过你办公室的那个人。我现在非常累。"

"有多累?"

"太累了,连药瓶也打不开。"

■ 牧师在一个小教堂里做弥撒时说:

"兄弟姐妹们,我们教堂的屋顶已经完全毁坏了,必须进行修复。我现在有两个消息,一好一坏,你们想先听哪个?"

"好消息,神父……"

"好消息是,我们有足够的资金来修复它。"

"那坏消息呢?"

"那些资金暂时在你们的钱包里。"

■ 如果一个地方,有德国机械师、英国消防员、法国大厨、意大利恋人,并且这些人由瑞士人负责管理,那么这里就是天堂。但如果一个地方,有法国机械师、德国消防员、英国厨师、瑞士恋人,并且都由意大利人负责管理,则这里就是地狱。

■ "我的狗非常聪明,每天早上都会给我带一份《晚报》。"

"这有什么,几乎所有的狗都会做这些。"

"可我的报纸是免费的……"

■ 一个男孩发现一口井。他想看看这口井有多深,便往里扔了一块石头。但是,他并没有听到"扑通"声。于是,他又向井里扔了一块更大的石头,但仍然没有听到任何声音。他生气了,搬起一块更大的石头扔进了井里。几秒钟后,他看到一只山羊一边咩咩叫着,一边低着头冲到井边,跳了下去。

过了一会儿,一个农民跑过来问男孩:"你在附近见过一只山羊吗?我把它拴在了一块大石头上,怎么现在连石头都不见了?"

■ 一个偷猎者扛着一只死鹿回家。突然,一个警察拦住他说:
"你知道这里不能打猎吗?"
"当然知道。"
"那你肩上的死鹿是怎么回事?"
偷猎者惊恐地回过头,急忙把鹿放下,然后大叫道:
"哎呀!它是从哪里来的?"

■ 一名尤文图斯球迷、一名国米球迷和一名拉齐奥球迷正在沙特阿拉伯的一个海滩上喝一瓶违禁酒,这时警察赶到并逮捕了他们。在沙特阿拉伯,仅仅拥有酒精就属于非常严重的罪行。更为严重的罪行是饮酒,饮酒者可被判处死刑。经过多个月的努力后,球迷们被判处终身监禁。然而,幸运之神再次眷顾了他们,在审判结束的那一天,正巧是沙特阿拉伯的一个公共假日,酋长谢赫决定,他们将被无罪释放,并只受到20鞭的惩罚。当要实施惩罚时,谢赫说:

"今天是我第一任妻子的生日,所以她让我在你们受罚之前满足你们每人一个愿望。"

喝得最少的那个尤文图斯球迷想了一下说:
"在我背上绑个枕头!"
"这没问题,但不幸的是,这个枕头只能承受10次打击,其他10次将由你的背接着。"

随后,身上带血的尤文图斯球迷被带走了。接下来是一位喝了

很多酒的国米球迷。当他看到这一幕时,他说:

"在我背上放两个枕头!"

但这两个枕头只坚持了 15 下,剩下的 5 鞭最后都抽在了他的背上,他也被抬走了,浑身是血,哭得像个孩子。

到了拉齐奥球迷的时候,他喝得最多,在他还能说出什么之前,酋长说:

"你是一个拥有世界上最美丽颜色的球队的球迷。拉齐奥的球迷是最好的,也是世界上最忠实的人,所以我要实现你的两个愿望。"

"谢谢您,谢谢您的仁慈。我的第一个愿望是被打 100 下,而不是 20 下。我的第二个愿望是,请把一个尤文图斯球迷绑在我的背上!"